KB155168

이 삶을 살아가며

_이삼사

이삼사는 '이(2) 삶(3)을 살(4)아가며'의 준말로, 책을 통해 자신의 삶을 표현해낸 동문고등학교 책쓰기 팀이다. 우리는 삶에 뚜렷한 목표가 있기에 만났고, 수없이 많은 시행착오를 거치며 우리의 미래를 더욱 더 구체화시켜 마침내 한 권의 결실을 만들어냈다. 비록 지금은 한 권의 작은 꿈이지만 이 책이 삶의 뿌리가 되고, 그 뿌리가 자라 아름다운 거목이 될 것이다.

김선형, 노예진, 곽보배, 배준호, 이보경, 김성윤, 김하늘, 김동희, 김현탁, 박혜원, 신선경, 정가현, 황준수

이 삶을 살아가며

초판 1쇄 인쇄_2019년 2월 15일 | 초판 1쇄 발행_2019년 2월 20일
지은이_이삼사 | 엮은이_이금희
펴낸이_진성옥 외 1인 | 펴낸곳_꿈과희망
디자인·편집_꿈과희망 편집부 | 마케팅_김진용
주소_서울시 용산구 백범로 90길 74, 대우이안 오피스텔 103동 1005호
전화_02)2681-2832 | 팩스_02)943-0935 | 출판등록_제 2016-000036호
e-mail_jinsungok@empal.com
ISBN_979-11-6186-050-3 43810
※ 책 값은 뒤표지에 있습니다.
※ 새론북스는 도서출판 꿈과희망의 계열사입니다.
©printed in Korea. | ※ 잘못된 책은 바꾸어 드립니다.

2019 대구광역시교육청 책쓰기 프로젝트

미래로 가는 여행은
내 마음 깊은 곳을 들여다보는 여행이다!

이 삶을 살아가며

이삼사 지음 │ 이금희 엮음

꿈과희망

표현력을 키워주는 국어 수업

고등학교 1학년 때 글을 못 쓰는 아이는 왜 3학년이 되어도 글을 못 쓸까?

학생들은 초등학교 때부터 고등학교까지 국어 수업 시간에 시와 산문을 쓰고, 독후감과 글쓰기 대회도 하면서 자주 글쓰기에 노출이 된다. 그런데 대부분 학생들은 글쓰기를 힘들어한다. 물론 제법 글을 잘 쓰는 학생도 있다. 그 아이는 어느 단계 이후 계속 글을 잘 쓴 아이들이었다. 그렇지 못한 아이들은 학년이 올라가도 계속 글쓰기를 두려워하고 실제로 글을 잘 못 쓴다. 왜 그럴까?

그 이유는 내가 보기에 가르치지 않아서다. 학생들이 배울 기회가 없었기 때문이다. '글'에 대해서 배웠을 뿐 '글쓰기'에 대해서는 제대로 배운 적이 없기 때문이다. 솔직히 우리의 작문 수업은 '글 쓰는 힘을 키워주는 수업'이 아니라 '글 쓰는 법을 설명한 문제를 잘 푸는 수업'이었다.

진짜 국어 수업이라면 자신의 생각과 감정을 잘 표현하는 힘, 표현력을 길러주어야 한다. 표현력은 어떻게 키울 수 있을까? 모든 힘이 그러하듯 한두 번의 연습으로 표현력이 자라지는 않는다. 제법 꾸준하게 긴 시간 동안 단계를 올려가며 쓰는 활동을 해 보아야 한다. 이론으로 글 잘 쓰는 법을 배우는 것이 아니라 하나의 글을 긴 호흡으로 마음껏 써 보는 경험을 해 보아야 한다. 기획과 개요 짜기, 초고와 퇴고의 전 과정을 직접 해 보아야 한다.

이런 긴 글쓰기 수업을 하려면 교사의 선택과 용기가 있어야 한다. 글쓰기를 가르쳐 보겠다는 선택, 학생들이 성장할 것이라는 신뢰, 그리고 이것이 정말로 가치 있는 수업이라는 용기가 있어야 한다.

서툰 용기와 신뢰로 수업 시간에 '자서전 책쓰기'를 하였다. 한 학기 동안 2학년 전체 학생들이 자서전을 썼다. 학생들은 자신의 삶에 대해 편하게 적어나가면 된다. 처음에는 그림 그리고 한 줄 쓰기로 시작하였다. 한 줄에서 열 줄로, 열 줄이 서너 페이지로 늘어나면서 학생들은 정해진 양을 훌쩍 뛰어넘는 자기 인생으로 들어가기 시작했다. 우리는 과거의 자서전에 그치지 않고 아름답게 웃고 있을 미래의 모습도 함께 상상해서 적었다. 자서전은 회고록이 아니라 스스로 인생을 기획하는 과정이라며 미래 쓰기에 더 공력을 들이도록 했다. 그렇게 15시간의 긴 호흡으로, 오롯이 자신의 인생을 주제로, 한 편의 글을 꾸준히 썼다.

이 책은 자신에게 주어진 삶에 도전하면서 성장한 학생들의 아름다운 자서전 모음이다. 그늘은 지금 길 위에 서 있다. 여러 갈래로 나뉜 길 앞에서 마냥 머뭇거리는 것이 아니라 덤벼들고 몰두하면서 자신의 길을 찾아가고 있다. 화가, 뮤지컬 연출가, 건축가, 파티시에, 극작가, 검사, 안무가, 소설가, 의사, 배우가 되고 싶은 아이들, 그러나 그러한 직업 정도로 어찌 그 큰 미래를 다 담을 수 있겠는가.

미래의 자서전은 누구에게나 쉽지 않다. '어떤 일'을 하느냐를 상상하는 것을 넘어서 '어떤 사람'이 될 것인가를 질문해야 하기 때문이다. 처음에는 장난처럼 혹은 패기처럼 쓰기 시작한 미래의 자화상이 고치고 또 고치는 과정을 통해 점차 또렷해지고 벅찬 환희감으로 다가오기 시작했다. 미래로 가는 여행은 사실은 내 마음 저 깊은 곳을 들여다보는 여행이었다. 돌보지 않았던 진짜 나와의 조용한 대화 시간, 책쓰기는 단지 한 권의 책을 쓰는 것이 아니라 한 편의 미래와 만나는 기분 좋고 힘든 여행이었다.

학생들이 그러하듯 우리 국어 교사들도 진짜 국어 교육을 찾아가는 길 위에 서 있다. 그 길에서 매번 우리를 이끄는 것은 학생들이다. 이 책에서 빛나는 아름다움은 모두 학생들 스스로 가꾸어낸 것들이다. 학생들의 도전과 열정 덕분에 우리 교사들도 새로운 도전을 할 수 있었다.

함께 책쓰기 수업을 한 권연희 선생님과 이복화 선생님께 진심으로 감사의 인사를 드린다. 그리고 매년 학생들의 책쓰기에 아낌없이 지원해 주시는 황윤백 교장 선생님, 정광재 교감 선생님께도 감사드린다. 한 아이를 키우기 위해 온 마을이 나서듯이 수시로 격려하고 지지해주신 많은 선생님들께도 감사를 드린다. 무엇보다 함께 성장하면서 열심히 살아가는 열세 명의 멋진 인생에게 진심으로 감사드린다. 우린 모두 이 삶을 아름답게 살아가고 있다.

2019년 1월

하늘 맑은 수석실에서
이금희 엮어 올림

33

像想 "창작하는 사람들"

44

思査 "생각한 대로 그리다"

11

日日 "하루하루"

Life

Is

Strange

김선형

김 선 형

2001년생의 한 어린 아이가 밤하늘의 별을 상상하며

천문학자의 꿈을 키워오다가

일찍이 미술학원을 접하게 되면서 미술과 사랑하다가 권태기가 온다.

짧으면서도 긴 권태기 후에 재결합을 하여

사랑스러우면서도 감당할 수 없이 힘들게 하는

미술과 끈끈한 연을 맺게 된다.

사 랑

사랑의 형태는 순간의 상황마다 달라진다.
직업에 대한 사랑과 반려동물이나 주위 사람에 대한 사랑,
환경에 대한 사랑, 가족에 대한 사랑 등등.
그 사랑은 당사자에게 보이지 않는 힘을 불어넣어 주고
어떤 역경에도 이 악물고 버틸 정신적 버팀목을 마련해준다.
나에게 사랑은 직업에 대한 소명을 불러주고,
심신으로 매우 힘들어서 눈물 한두 방울 흘릴 때
주위 사람들이 준 사랑 덕분에 그래도 살 수 있는 힘을 얻었었다.
모든 걸 잃는 다 해도 절대 잃을 수 없는 것들 중 하나인 존재이다.

The Greatest Bean Sprouts(1)

나는 콩나물이다. 평범한 콩나물, 콘셉트 아티스트를 꿈꾸는 콩나물, 그리고 전 세계라는 큰 대야 안에서 자라나고 있는 수많은 콩나물들 중 하나이다. 지금까지의 실력을 기르기 위해서 내가 노력한 그 시간들은 지금의 나를 완성한 중요한 시련들이다. 콘셉트 아티스트라는 꿈을 위해 내가 어떤 시련을 겪고 또 어떤 식으로 극복했는지를 조금씩 적어 나와 같은 꿈을 가진 내 또래 친구들 그리고 후배들에게 보여주고 싶다.

사실 처음부터 꿈을 콘셉트 아티스트로 잡은 건 아니다. 초등학교 6학년, 처음으로 미술을 시작했다. 웹툰 작가를 꿈꾸는 콩나물은 A4용지에 만화를 그려서 친구들에게 보여주곤 했다. 심지어 담임 선생님께도 보여드리고 했다. 그때 들은 칭찬이 지금의 나를 있게 만들어준 동기인 셈이다.

본격적으로 시작한 건 중학교 1학년 때이다. 제법 머리가 굵어진 콩나물은 이것저것 그리고 싶은 것이 많았다. 하지만 미술학원을 다니지 않아서 그런지 뭐부터 그려야 할지 몰라서 무작정 사람부터 그리기 시작했다. 인터넷에 돌아다니는 멋진 사람들의 사진을 보며 따라 그리고 근처 바깥 풍경도 그려보고, 그날 봤던 영화의 멋진 장면이나 포스터 등을 따라 그려보기도 하고, 좋아하는 배우의 얼굴도 그려보고, 다른 사람의 그림을 따라 그려보기도 하고, 동물과 사람을 합쳐서 그려보기도 하면서 좋아하는 장르를 하나씩 모아 나만의 그림체를 조금씩 찾아갔었다.

처음에는 일본만화체로 그려보았는데 내 취향도 아닐 뿐더러 나와도 맞지 않아 다른 그림체를 찾기 시작했다. 그러다 우연히 반실사와 실사체를 보고 나와 궁합이 잘 맞을 거 같아서 반실사체로 그렸다. 반실사체나 실사체는 생각보다 자세히 표현해야 하고 특히 반실사체의 경우 상상력을 더할 수 있어 눈을 혹하게 만들어 지금까지 이 그림체를 유지해 왔다.

나는 가끔 어쩌면 용감한 어쩌면 순간 충동적인 선택을 할 때가 있다.

예를 들자면, 예전에 제대로 배우지도 않았는데 미술용 해부학 책과 콘셉트아트 그리는 법이 적힌 책을 무작정 샀었다. 지금 생각하면 그때는 왜 그런 충동적인 선택을 했는지 모르겠다. 결국 책을 제대로 활용도 못하고 한 번만 읽고 방치해두는 경우가 많다. 그래도 어쩌면 이런 선택 덕분에 내가 필요할 때 언제든지 꺼내서 도움을 받을 수 있는 지원군이 생긴 기분이라서 얻을 만큼 얻은 듯한, 든든함과 풍족함을 느꼈다.

하지만 이대로 좋은 일만 일어났을 줄 알았는데 기고만장해진 나는 자만심에 크고 작은 교외, 교내 대회를 여럿 나갔고 보란 듯이 미래는 날 향해 콧방귀를 뀌었다. 10전 10패 완벽한 패배였다. 단 한 번도 상을 타지 못했다. 심지어 같이 나간 친구들은 나를 제외하고 다 상을 탄 것이다. 콩나물은 머리만 커졌고 심지는 약해서 결국 콩나물은 휘어버렸다.

올라갔던 입꼬리는 순식간에 떨어졌으며 불분명한 앞날에 대한 공포와 말로 표현 못할 슬픔과 속상함, 상 탄 친구들에 대한 이상한 분노, 마치 내 것을 뺏긴 것만 같은 상실감이 동시에 드러나 마음을 혼탁하게 만들었다. 하지만 가족들과 친구들이 나와 진지한 얘기를 나누며 위로의 손을 건네준 덕분에 휘어 있던 콩나물은 긍정으로 채워지며 고개를 들었다.

그후 '평화'와 같은 상징적인 것을 종이에다 여러 번 연습하기도 하고, 시험기간과 겹쳐져도 여의치 않고 미친 듯이 그렸었다. 이번 고2 때의 대회들이 거의 1~2주 간격으로 5개 정도의 대회가 겹쳐져 있었다. 고3 때는 이런 기회가 제로에 가까워 모두 놓치고 싶지 않은 소중한 기회들이었다. 그래서 야자 시간과 집에서 시간을 내서 모두 참가하였다. 총 5개의 대회 중 2개의 대회에서 상을 받았다. 교내 미술대회에서는 특상을, 교내 세계 물의 날 대회에서는 최우수상을 받았다. 덕분에 여름방학식 때 방송실로 가서 상을 받았다. 몸 안에서 북소리가 빠르게 쿵, 쿵, 쿵 울렸고 상장을 받아든 순간 그동안 겪었던 시련들이 허사가 되지 않았음을 다시 한번 느꼈다. '마침내 결실을 맺었다!' 하지만 이건 시작에 불과하니 이제 또 다른 영역을 향해 나아갈 차례이다.

The Greatest Bean Sprouts(2)

지금까지 한 이야기는 내가 가진 꿈과 지금의 내가 있기까지의 과정을 말한 것이다. 이번에도 그런 비슷한 이야기지만 조금은 다르다. 아까 1에서는 손 그림에 관한 이야기였지만 이번에는 컴퓨터 그림에 관한 것이다. 나는 컴퓨터 그림을 많이 해보지 않았고, 손 그림보다 훨씬 더 못한다. 아마 경험도 부족하고 손 그림 그릴 때만큼 엉덩이와 정신이 오래 버티질 못한다. 정교하고 섬세한 손으로 일하는 기술자가 술을 많이 마셔서 갑자기 일을 못할 정도로 손이 덜덜 떨리는 느낌이다. 손목도 아프고 머리도 싸하게 아파온다. 최악의 경우에는 내 끈기가 나중의 결과에 도달하지 못해서 포기하고 관두는 경우가 아주 많다. 내가 조금만 더 인내를 가지고 그렸으면 완성되었을 작품이었는데 지금 생각하면 후회가 적잖게 든다.

내가 처음 타블렛을 얻게 된 것은 2016년 12월달쯤일 것이다. 겨울날, 집에서 게임하고 있는데 언니가 집에 들어오면서 내 상체만한 박스를 하나 건네주었다. 궁금증에 짧게 뭐냐고 물어보고 바로 박스를 뜯었다. 민트색에 가까운 하늘색의 판자처럼 생긴 기계, 타블렛이었다. 알고 보니 언니가 직접 인터넷으로 알아보고 산 것이었다. 타블렛 중에서는 싼 아이지만 내 입장에서는 가격이 꽤 나가는 20만 원짜리 타블렛을 언니가 사줬다. 내가 왜 그랬는지 모르겠지만, 나는 표현을 크게 하지 못해서 풍선인형에서 바람이 찔끔 빠져나가듯, 피식 웃기만 했다. 언니는 몰랐겠지만 내 마음속의 나는 부풀어 올라서 이리저리 날아다니다가 천천히, 안전하고 편안하게 떨어지는 기분이었다. 절대 잊지 못할 생일 선물이었다. 받자마자 바로 컴퓨터에 연결시켜서 무작정 그렸다. 머릿속에서 순간 번뜩이며 스쳐지나듯 떠오른 것. 그래서 탄생한 그림이 바로 이 고래 두 마리다.

"2016. 12월, 나에게 값진 선물을 해준 나의 언니 고맙고 다시 한번 더 고마워."

　간단하게 그린 고래 그림이지만 나한테는 절대 평범한 고래 그림이 아니다. 그렇게 갖고 싶어 했던 기계 위에 남긴 첫 자국이 바로 이 그림이기 때문이다. 덕분에 컴퓨터 그림에 대한 열정은 배로 늘어서 이와 관련된 책을 몇 권 더 샀다. 처음보다 책을 고르는 눈이 한 단계 성장했는지 나에게 정말로 필요한 책을 두 권 샀다. 그 책을 읽으며 따라 그려보고, 실패하고, 또 따라 그려보고, 저장하지 못해서 날아가고, 이 일들이 천천히 쳇바퀴 돌아가듯 이루어졌다.

"근 1년간 그려오면서 나는 조금씩 성장해가는 게 눈에 보인다. 포기하지 말자."

그리고 새 학기가 되고, 이 아름다운 기계를 사용하는 날이 점점 줄어들어갔다. 약간의 먼지가 살포시 앉아서 기계를 감싸 안고, 기계는 언젠간 내가 사용할 날을 기약하며 얌전히 기다렸다. 기계의 바람대로 나는 또 책상에 앉아서 컴퓨터 그림을 그렸다. 그 당시에 드라마 셜록에 빠져서 셜록을 그리고 좋아하는 게임의 포스터도 그리고, 약 두 달 동안, **SBS** 게임 아카데미의 한 멘토 선생님과 몇 번 **SNS** 연락과 통화로 상담을 받으며 그림을 그렸다. 그때 멘토 선생님은 정말 참하시고 좋은 분이라 판단되어서 그 학원에 다니고 싶었는데 감당할 수 없는 가격에 내 심장을 쿵 내려앉게 해서 결국 끝이 나게 되었다. 그때의 기분은 정말 심란했었다. 그래도 그 상담이 없었으면 아마 이 기계를 오랫동안 잊고, 내 실력도 향상시키지 못했을지도 모른다.

손으로 그림을 그렸을 때보다 양으론 많이 그리지 않았지만 손으로 그림을 그릴 때 실력을 가지고 앞으로 조금씩 더 그리기만 하면 내 실력은 무궁무진하게 늘 것이며 나는 이것을 절대로 저버리지 않을 것이다.

이 거대한 세상에서 나는 작은 콩나물이다. 세상이라는 커다란 대야 안에서 자라나고 있는 작디작은 콩나물들 중 하나다.

그리고 콘셉트 아티스트를 꿈꾸는 작은 콩나물. 세상은 이 콩나물을 보며 나무를 상상하지 않는다. 하지만 그건 거대한 세상의 생각일 뿐 이 콩나물은 앞으로도 자랄 것이고 어떤 나무가 되어 있을지 아무도 모른다. 나에게 이 시간들은 하나씩 나이테가 되고, 시련들은 옹이가 되어 하나의 커다란 나무가 될 것이고 이 세월은 그 누구도 부정할 수 없을 것이다. 그동안 이뤄온 것도 나이고 해낸 것도 나이며 앞으로 해낼 것도 '나'이다.

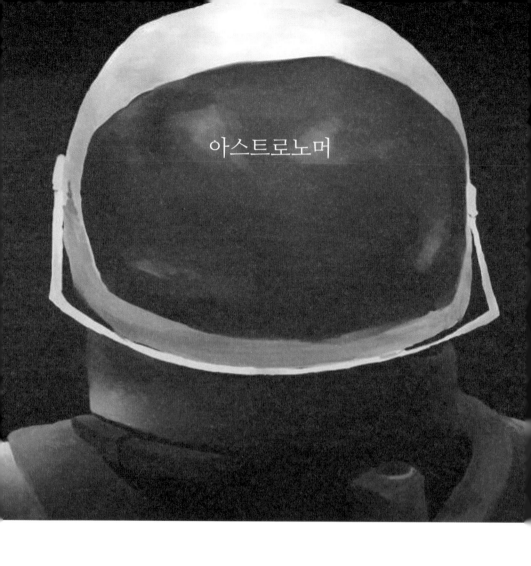

아스트로노머

내가 6살쯤 미술 쪽으로 꿈을 가지기 전에 나는 천문학자가 되는 것이
꿈이었다. 우주를 바라보고 별을 바라보는 것, 지구를 떠나 무한하고 광
활한 우주를 가고 바라보고, 평생을 그곳에서 사는 것이 내 꿈이었다.
외계인에 대한 관심도 높았고, 우주에서 나타나거나 계속 존재했던 별들
을 사랑했고 죽어서 초신성이 되는 별들은 마음속으로 그들을 위해 짧은

명복을 빌어주고 그랬다. 심지어 그 외계 우주에 있는 행성들이 나에게 말을 거는 그런 상상까지 해보았다. 어렸을 땐 WHY책도 많이 봤고 우주 관련된 사진은 꽤 많이 찾아보았다. 그 당시 내가 우주를 사랑할 수 있는 표현 방식은 거의 다 해보았다. 물론 지금의 천문학자들처럼 전문 지식에 대해선 잘 몰랐고 그저 우주를 동경하고 사랑하는 사람으로서 하늘을 뚫어지게 바라보며 값싼 망원경으로 달을 바라보고 사진이나 동영상을 바탕으로 한 상상으로 그 별들을 관찰했다. 부모님 앞에서 진지하게 천문학자가 되겠다고 말씀드렸지만 그냥 어린 마음에 훅 하고 한 소리로 받아들이시고 맞장구만 그래그래 해주셨다. 꽤나 진지하게 말했던 꿈인데 내심 섭섭했다. 심지어, 그냥 우리 가족들 다 데리고 우주로 날아가서 평생 그 별들을 바라보는 상상…… 가끔 외계인을 만나는, 그런 무지막지한 상상도 하곤 했다.

"나는 정말로 너희들을 만나고 싶어."
어릴 때의 꿈이라고만 생각했는데 사실 지금도 그 꿈은 이미 내 머릿속에 잡혀
있다.

지금도 나는 우주를 사랑한다. 여태껏 우주에 관심을 가졌던 모든 것이 미술 하는 지금의 나에게 무한하고 수천만 가지의 영감을 주는 것들이다. 비록 말로 표현은 힘들지만 이들을 생각하면 꿈에서 답을 얻기도 한다. 가끔 너무 거대한 우주가 머릿속을 차지하면 머리가 터져 버릴 것 같은 느낌이 들곤 한다. 그래도 부드럽게, 적당히, 조금씩 생각을 다듬고 대화를 시도한다면 괜찮을지도 모른다.

별들과 친구하기에는 너무 거대하고 압도적인 중압감을 가졌으며 이들은 만물 중 가장 아름다운 존재이면서 동시에 빛조차 집어삼킬 만큼 자비 없이 공격할 수도 있는 야만적인 존재이다. 또한 이들은 사람보다 더 긴 수명을 가지고 있다. 사람들은 우주의 순수함과 동시에 우주의 완벽한 영생을 동경해 왔다. 빛을 내는 아름다움과 동시에 빛을 집어삼키는 잔인한, 잔인하지만 그것이 섭리인 우주…… 그것이 내가 우주를 사랑하는 이유이다.

Take

ME

Somewhere

Nice

2027

　미국에서 4일째 밤이 지나고 있다. 장기 프로젝트를 끝낸 후, 쉬고 있는 시간이라서 아직까지는 별일 일어나지 않았다. 장기 프로젝트는 세계에서 가장 영향력이 큰 애니메이션 회사인 픽사와 함께 진행했었다. 영화 하나에 어마어마한 인력과 시간이 들어가서 정신없이 여러 그림을 그리고 직원들과 회의를 하며 또다시 여러 그림을 그리고 하는 일들이 반복된 후에 드디어 영화가 출시되었다. 내가 그린 것은 등장인물들이 사는 마을의 일부 풍경이었는데 다행히 언론과 사람들의 반응은 아름답다며 극찬을 아끼지 않았다. 비록 영화는 그다지 흥행하지 못했지만 내가 그린 풍경은 인정받아 기분이 꽤나 좋았다. 프로젝트가 끝난 날 파티를 열었고 현재는 이렇게 휴식 중이다. 지금은 지루한 느낌이 적잖게 들었지만, 이 지루한 느낌이 싫지는 않았다. 오히려 이 지루한 느낌이 반가웠다. 지금 이 순간순간이 지루하다는 것은 내가 간만에 휴식이라는 것을 맛보고 있다는 것을 뜻하기 때문이다. 미국의 배경은 거의 똑같다. 날씨 변화나 기온이 변덕스럽고, 한국과 비슷하면서도 덜 춥거나 더 더운 날씨를 유지하는 것도 변함이 없다. 유학도 말만 번지르르하지 사실 별건 없다. 그냥 장소가 해외라는 점이지 한국에서 일상생활 보내는 것과 도긴개긴이다.

내가 지금 있는 곳은 대도시에서 좀 떨어진 곳이다. 시골의 느낌과 자연이 적절히 섞여 있는 한적하고 귀가 터질 듯이 고요한 곳이다. 늦은 밤, 나는 숙소 침대에서 까딱거리며 누워 있다가 근처 산책이라도 해야겠다 싶어서 간단하게 입고 밖으로 나갔다. 만약 내가 퇴역한 군인이라면 블로그에다가 '오늘의 블로그- 근처에서 산책했다. 끝' 이런 식으로 적었을 것이다. 그렇지만 아마 약간 시골에 사는 유학생들이라면 다 그런 생각을 하지 않을까? 오랜 생활 규칙적인 군대에 몸담아 오다 갑자기 민간인 생활에 적응하지 못하는, 긴박한 전투가 다시 그리워지는 퇴역한 군인 같은 기분, 지금이 딱 그런 기분이다. 하지만 전투가 아무리 그리워질지라도 일상 속 작은 전투들을 겪다 보면 점차 적응하기 마련이다.

현재 미국은 겨울이다. 밖을 돌아다니며 지난날의 전쟁 같은 하루하루를 회상하고 있었다. 생각할수록 손이 근질근질해 온다. 다시 전투에 임하는 마음으로 숙소로 돌아가 책상 앞에 앉았다. 시간마저 정체된 적막한 공간, 시간이 얼마나 흘렀는지도 모른 채 멍하니 그림을 그리다가 문득 정신 차리니 숨이 약간 찰 정도로 답답했다. 공기가 나를 억누르듯 답답해서 그들에게서 벗어나고자 잠시 창문을 열었다. 오랜만이라는 생각이 들 정도로 시원한 바깥공기가 느껴져서 잠시 창밖을 바라보았더니 마치 환상 같은 현실이 눈앞에서 펼쳐졌다. 내가 어릴 때 상상했던 우주의 모습이 그대로 하늘에 드러난 것이다. 한적한 곳답게 공기마저 한적해서 깨끗한 우주가 나를 투명하게 바라보고 있었다. 그러나 나는 직감적으로 이 아름다운 신비함이 유지될 시간이 짧다는 것을 느꼈다. 그리던 걸 멈추고 급하게 새 스케치를 띄워서 행여나 사라질까 조마조마하며 포토샵 내에서 내가 가장 좋아하는 유화 질감과 느낌을 내는 브러쉬로 한 층, 한 층 레이어를 쌓아가며 창밖의 풍경을 그렸다. 약 20분 만에 창밖의 풍경을 다 그려내었다. 확실히 그림은 실물의 아름다움을 따라가지 못한다. 그 순간의 기억을 영원히 그림으로 남길 수 있지만 실물은 순간의 기억을 더욱 증폭시켜 그 순간의 감동이 배로 다가온다. 뒤에서 다가오던 커다란 구름 무더기들이 아름다움을 가렸다. 아쉬운 여운이 남았다. 우주가 나에게 작은 희망을 응원이라도 하듯 짧은 아름다운 미소를 보여준 하늘을 천천히 그저 멍하니 바라보았다.

후
기

　이 자서전은 내가 잠깐 생각해낸 걸 글로 남겨 영원히 새로운 사람들에게 소개해 줄 수 있다. 그 사람들이 그녀일 수도 있고, 그가 될 수도 있고, 노인일 수도 있고, 어린아이가 될 수도 있다. 내 가족들에게, 내 친구들에게 특히 더 의미 있게 읽혀질 책이라는 생각이 든다. 또한 내가 겪었던 감정과 목표를 달성하기 위해 실행했던 어떤 노력과 시련, 그리고 앞으로 내가 겪을 감정과 또 다른 목표를 달성하기 위한 어떤 노력과 시련이 펼쳐질지 앞으로 일어날 것 같은 일들, 계획의 일부를 압축하여 보여준 책인 셈이다.

　아직 나는 어린 18살이고 할 일과 하고 싶은 일은 지금의 우주의 별들만큼 수없이 많다. 학교 시험과 자서전 마감이라는 압박감이 적지 않게 있었지만 그 속에서 내보이지 않는 앞날을 잠시 생각하게 만들어준 시간이라고 생각한다.

끝에서
시작되어
처음으로

글·그림 노예진

노 예 진

우리의 삶은 여행이다.

그 끝은 어딜까.

처음 겪어보는 이 여행길에 아직 서투른 것이 너무나도 많은 나.

그렇기에 다시 나를 돌아보며 흠 많은 부분을 더 아끼며 보듬으려 한다.

사랑

입바느질로 여러 번 꿰맸다
침이 바짝 말라 그 순간 사이다가
목구멍까지 차올랐다
한숨 여시고 한 땀 한 땀
정성스레 빚어간다
혹여 놓친 아이 있을세라
내친김에 멀쩡해 보이는
천 가지를 이리 뒤적 저리 뒤적
그래도 아직 마음 한켠엔
켜켜이 쌓인 게 묻어 있다

누가 부탁이라도 해주면
뒷마당 빗자루 들고
지붕을 들어서라도
세찬 웃음으로 좋아라 하며
그 누굼새 따져보는 이 없이
다 들어준다

바쁜 게 좋단다
몰라도 된단다
그냥 무어라고 땀만 삐질삐질
그 억센 대나무껍질
다 가시 올라오고
이제는 해져서 더 벗겨질 것도
더 생길 것도 없단다
그저 이젠 대문 밖에서
그 오실 이 위해
굳세어라 꿰맴질 타령이다

소망의 실현지
'Traum, Himmel,'

꿈속에서 부풀어 낭만으로 늘 내 마음을 가득 채웠었는데, 나의 어릴 적의 작고 작은 이루어질 수 없을 것 같단 생각을 늘 했었는데, 긴 시간이 걸리고 걸려 나는 이곳에 온 것이다. 한 번쯤 누구나 꿈꿔 보는 다른 세계로의 여행. 나는 지금 그 중심에 서 있다. 매번 상상만 하고 꿈으로만 키워 왔던 이런 순간이 막상 현실로 다가오니 막막함이 내 눈을 앞서 가리지만 그것보다도 설렘이 더욱 커 두려움이란 안중에도 들지 않았다. 떨리는 기분이 내 마음을 가득 채운다.

여행에 앞서 계획을 세우는 내내 행복이 온몸을 감쌌다. 계획을 세우는 과정조차 나에겐 여행이었던 것이다. 계획을 제대로 세워서 실패하지 않는 여행이 되기 위해 나는 차근차근, 가기 오래전부터 여러 정보를 모으고 있다. 유럽, 그곳은 아주 아름답지만 현지인만 아는 위험이 도사리고 있다. 그러니 더욱 신중을 가할 수밖에.

"뭐 더 살 건 없나? 전화해서 물어봐 더 챙겨야 할 건 없는지. 짐도 미리미리 챙겨놓고…."

"그럼 그럼. 이미 그것까지 다 생각하고 끝내 놨지. 엄마두 참, 내가 뭐 빠트리겠어?"

엄마의 걱정이 잔소리로 튕겨져 나갈 때도 더러 있지만 그래도 엄마의 애정 어린 사랑의 말씀은 나를 행복한 미소로 물들게 해준다. 당연히 아무도 걱정 안 할 만큼 만반의 준비를 끝마쳤다. 나의 특기가 바로 정리하고 계획해서 완벽의 완벽을 가하는 것이라고 나는 자신 있게 말할 수 있으니.

모든 계획이 차차 완성이 되어가고 드디어 출발 당일이 다가왔다. 인천 공항에 발을 닿은 순간 '아 드디어 내가 가는 건가?' 지나친 생각이겠지만 그 순간 나는 꿈속에서 나를 만나는 느낌이었다. 내가 정말 떠난다니. 오만가지의 생각이 두둥실 떠오른다. 기분이 참새처럼 부드럽게 들떠온다. 그렇지만 혼자서 처음과 끝의 여정을 헤쳐가려 하니 왠지 모를 낯설음에 무서움도 다시 몰려온다.

"엄마, 이번 여행은 왠지 내 삶에서 큰 터닝 포인트가 될 것 같아. 많은 걸 배우고 올 수 있을 거야. 나 혼자서도 잘할 수 있겠지? 이제껏 준비하며 호언장담했는데 막상 떠나려니 다시 어린아이가 되는 것 같아. 자신감만 가지고 모든 걸 다 할 순 없으니 말야. 내 열정은 모든 걸 다 이루겠다고 힘차게 말하는데 현실감이 문득 들면 다시 의기소침해져… '이건 어떻게 하지? 저런 상황이 오면 난 금방 무너질 거야. 아무것도 못할 거야' 이런 생각만 계속 드니 나를 온전히 펼쳐낼 수가 없어서… 너무 두렵고 막막하고."

"왜 그런 생각이 들까? 괜찮단 말로는 해결되지 않는 걸 아니 위로는 하지 않을게. 하지만 용기를 북돋아 줄 순 있어. 너에게 아주 이점이 될 만한. 나도 그런 생각을 했지. 내가 원하고 바라는 건 이만큼 있는데 계속 세상의 염려로 지금 내가 살아가고 있는 현실로 큰 장벽이 계속해서 나를 막으니 말야. 그런데 그 모든 장벽을 다 내가 소멸시켜 버릴 수 있는 방법이 하나 있단다. 모든 풍파를 이겨낼 수 있는 힘 … 그것은 사랑이란다. 정답이 너무 시시하고 당연한가? 간단한 단어 하나지만 그 내면엔 모든 것이 담겨 있단다. 이 세상 모든 것이 담겨 있다 해도 과언이 아니야. 나 자신을 내세우다가는 금세 지쳐버리고 무너져버려. 마음깊이 따뜻한 집을 세워 봐. 누구나 이름 없이 기대다 갈 수 있는, 어떤 대가를 원하지 않고 말이야. 또한 먼 세계로 가다 보면 지금껏 만나지 못한 많은 유형의 사람들을 만나게 될 거야. 그럴 때는 지금 부딪힌 그 사람을 마음껏 사랑해 주렴. 마치 내 아이라는 생각으로. 네가 엄마가 되어 보지 않아서 잘 안 될 수도 있지만 연습해 봐. 계속해서 끙끙대는 과정을 거치며 더 사랑을 주는 사람으로 바뀌는 거야. 그러면 그 순간 이 어렵고 힘든 세상은 완전히 바뀌게 된단다. 모든 것이 아름다워 보이고 다 괜찮아 보여. 한없이 용서해 주면 내가 원하지 않았던 것도 자연스레 얻게 되고 노력하지 않은 것 같은 것도 크게 얻을 수 있지. 그렇지만 모든 건 너의 강인한 의지와 인내와 노력으로 이루어낸 사랑의 마음이 있었기 때문이지. 그것만 명심하면 다 잘될 수 있을 거야. 엄마는 그랬거든. 내 딸이니 더 잘할 수 있지 않을까?"

나는 역시 엄마 앞에서 한없이 작은 아이인가 보다. 엄마 없이는 아무것도 할 수 없는 나였다. 엄마도 그랬겠지? 그리고 엄마의 엄마도 엄마에게 지금 내가 들은 이런 삶의 따뜻하고 포근한 말씀을 주지 않았을까? 비행기에 몸을 들여놓기 전 엄마가 주신 말씀은 앞으로의 모든 것을 이겨낼 만한 뿌리가 되었다. 이제부터는 내가 이겨내는 진정한 나의 삶이 이루어진다. 혼자라는 생각에 외롭고 슬플 수 있지만, 그럴 때마다 난 생각한다. 나한테는 소중한 가족과 사랑과 식구들이 있다고. 내가 더 든든한 사람이 되기 위해 어떤 풍파와 시련에도 굳세게 이겨낼 수 있는 사람이 되기 위해 나는 작은 아이에서 좀더 성장한 아이로의 첫 발걸음을 떼어 본다.

비행기에 몸과 마음을 모두 옮겨놓은 지 약 7시간 정도가 되었을 때. 분명 7시간 전의 세상은 밝은 빛이 하늘을 쳐다보기 어려울 정도로 빛나고 있었다. 그로부터 지금까지 내내 잠만 잤을까 바로 내 눈앞에 장관이 펼쳐진다. 별들이 수놓아지듯 작으면서도 하나하나 자신의 빛을 당당히 내고 있었다. 그것도 아주 조화롭게 서로를 방해하지 않으며 말이다.

화려하지 않으며 길고 아주 긴 시간, 인내로 바라보게 되면 제 본래 빛을 드러내는 환상적인 별들아. 무슨 꿈을 꾸느냐. 얼마나 무궁하고 끝을 알 수 없는 마음을 담았을까. 인류가 이뤄낸 발전적 제품으로는 그 모습을 담기란 어려운 일이었다. 이런 기회는 이 땅에서 나의 생으로는 다시 마주할 수 없을 것 같아 그저 오랫동안 바라보았다. 이 기분을 무엇으로 설명할 수 있을까. 내가 떠 있었다. 마음도 몸도 떠 있다기보단 몸이란 한계적 존재가 사라지고 깊은 인식만 그 순간 살아 있었다. 이런, 정신을 차려 보니 꿈만 같았던 그 시간은 블랙홀처럼 사라지고 다시 현실 세계로 돌아갈 전환 시간이다. 그렇지만 이번 전환 시간은 불쾌한 시작이 아니다. 평소와 다른 장소. 처음 접해 보는 현실속의 비현실. 지금 나는 오스트리아에 있다.

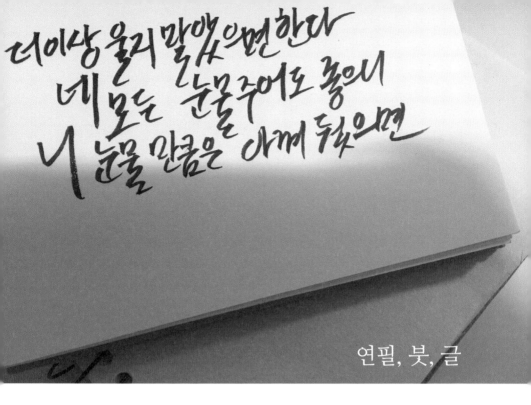

더이상 울지 말았으면한다
네 모든 눈물 주어도 좋으니
니 눈물 만큼은 아껴 뒀으면

연필, 붓, 글

글. 글씨. '글'이 단어가 왜 이리도 지겹지 않을까. 발음을 해봐도 직접 써 봐도 평소와는 다른 느낌이다. 그렇다고 사이다처럼 톡톡 튀지는 않는다. 울려주는 느낌이다. 깊게 깊게, 얕게 얕게, 길게 길게 끊임없이 이어진다. 내가 유독 글 짓는 것과 글 쓰는 작업을 좋아하기에 그런 것일까? 어릴 때의 나는 글에 대한 매력을 알지 못했다. 글씨도 잘 쓰는 줄 몰랐다. 그 당시는 캘리그라피의 열풍이 불지 않았기에 글씨에는 아예 관심도 없었던 것이다. 예전의 기억을 솔직히 더듬어 보자면 글씨 솜씨가 아주 꽝이었다. 내 기준으로는 퍽 마음에 심히 들지 않았던 느낌과 동시에 기억이 든다. 어릴 적 글씨에는 소질이 없었지만 글 쓰기에는 조금의 소질을 계속 보였다. 초등학교를 다닐 시절에는 웬만히 상도 탔었던 것 같다. 하지만 중학교라는 장벽은 조금의 다른 세계로 다가왔다. 나름 글의 분야에서 좋은 성적을 거뒀었는데, 군이 기를 쓰면서 글을 쓰지도 않았는데, 중학교에 올라와서 그런 방식으로 도저히 상을 탈 수가 없었다. 그때 알게 되었다. 글의 부분에서 더 성숙해져야 함을. 그것을 깨닫기 전 그러니 다시 말해 글 쓰는 것에 흥미를 잃고 좌절한 후 조금씩 다시 좌절의 맛을 잊히듯 지워버리며 이제는 글에 대한 미련이 없다 생각했을 때, 그때부터 글씨 쓰는 것에 흥미를 두게 된 것이다. 그맘때쯤 캘리그라피가 계속 유행한 것도 영향을 끼친 것 같다. 그럼으로써 나는 글씨를 제대로 써 보기 시작한 것이다. 누군가를 대상으로 잡고 따라해 보겠다며 이것저것 써내려 갔다. 처음엔 아직 글씨솜씨도 바닥이라 글과 글씨 쓰기를 모두 내 힘으로 해보기엔 역부족이었다.

그리하여 글씨만 계속 따라 써 보게 된 것이다. 누군가의 필체를 옮겨 복사한 듯 연습시절엔 적어보았지만 시간이 흐르고 흐를수록 글씨를 쓰는 공이 더욱 단단해져 이제는 색깔이 있는 세계를 만들게 된 것이다. 나만의 색깔을 자연스레 찾으니 더이상 무언가를 보며 복사하듯 따라 쓰지 않아도 되고 이제 글도 내가 써내려 가게 된 것이다. 잊혀지고 사라지고 포기했던 글. 마음속에 있던 마음을 풍부하게 자랄 대로 자라난 향기가 진해져 글 속에 퍼지우게 되었다. 나도 몰랐던 사이 그 모든 과정이 나에겐 큰 뜻이 있었던 것이다. 결국에는 그 뜻을 깨닫게 되니 그 순간 말로 표현할 수 없는 스며듦으로 이제는 넓은 하늘로의 색채가 조금씩 부드러워진다. 제 빛을 찾는 별처럼.

그 시절 그 웃음이
'기억한다. 그때의 그 얼굴. 참 눈부셨던'

　과거로의 여행을 시작한다. 새살이 솔솔, 솜털 가루 같던 맑은 눈빛으로 아름답게 바라보던 그 어릴 적에 나는 보통과 같이 기어다니는 아이가 아니었다. 일반적 흐름으로 많은 경우의 수의 아이들은 기어다니게 된다. 하지만 나는 그 퍼즐과 유사하지 않는 독특한 색다른 퍼즐이었다. 그런 시절이 지금 내 머릿속에 감추어져 있던지 남몰래 사라졌던지 존재하지 않는 것처럼 인식이 되기에 그 새살 많던 어릴 적의 색상 입힌 필름을 봤을 때 나는 놀라며 길며 짧은 시간을 계속 반복했다. 아기일 적 사진을 들여다보게 되면 거의 과반수로 앉아 있는 장면임을 알 수 있다. 어릴 때부터 별난 아이였나 보다.

　이렇게 옛적 생각이 날 때면 가끔 어릴 때 사진을 계속 보곤 한다. 앉아서 다닌 사진들 외에 또한 기억에 남는 것을 고르자면. 두 살 무렵 1년 중 가장 뜨거웠던 시기가 아닐까 싶다. 그때는 한창 월드컵을 할 때였나 보다. 내 머리에는 작고 새빨간 두건이 반듯이 쓰여 있었고 언니와 오빠도 모두 복사한 듯이 빨간 두건에 빨간 티를 셋이서 나란히 입고 있었다. 서로의 위치는 언니와 오빠가 나의 옆에 서 있었고 내가 오빠한테 꼭 안겨 있었다. 사진을 보니 내 표정부터가 아주 아기였다. 멍한 듯 아무것도 모르는 표정. 사진을 찍는 순간에도 무엇을 하는지 사진이 뭔지 찍는다는 것이 뭔지 지금 이 상황이 뭔지 정말 아무것도 모르는 표정이었다. 저때 저 아이는 무슨 생각이었을까. 생각이란 것이 있었을까. 그때의 기억을 가지고 산다면 나는 지금 어떻게 생각할까. 이런 의문점은 꼬리에 꼬리를 물고 결국 꼬여 버릴 뿐이다. 다시 다른 생각으로 넘어가기로 했다.

　이렇듯 사진으로만 존재하고 실상 내 머릿속에는 아무런 떠올림이 없는 시절도 있었다. 하지만 생각해 보니 기억나는 어린 시절도 나름 꽤 되는 것 같다. 더 오래전에는 기억하던 옛 시절이 더 많이 있었겠지. 분명 또한 내가 잘 기억한다고 확신하던 일들이 있었는데 조금씩 기억 저편으로 사라져 간다. 이 사라짐은 시간의 흐름 때문만은 아닌 것 같다. 방학처럼 시간이 많이 남는 할 것이 없던 그런 때에는 가끔 사진첩을 살펴보며 시간을 많이 보냈다. 나에게 재미도 주기에 지루하지 않았다. 그렇지만 지금은 다른 의미. 나는 이제 나의 어릴 적을 이렇게 떠올린다. 그 환한 미소, 반항심 없던 얼굴, 아장아장 포기하지 않고 일어서는 따뜻한 열정, 그 모든 생기가 어둠에서 나를 깨워주는 것이다. 맞지, 그랬어. 그런 따뜻한 생기가 있었어. 다시 암흑으로 돌아갈 순 없다고 더 큰 의지심과 힘센 마음을 가져다주는 작은 빛 나의 시절들.

하룻비
'잔잔한 감성에 취할 수 있는'

잠시 멈춰가는 오늘은 쉬는 날.

밖은 앞을 볼 수 없을 정도로 가는 빗줄기가 쏟아 내리고 있다. 나갈 일도 없는 오늘 같은 날 이렇게 비가 와주면 비를 담고 내리우는 구름이 참 고마워진다. 오늘은 비가 오고 밖에 나갈 일도 없어 보이니 근사하지는 않지만 소박한 나의 로망 또는 버킷리스트와 같은 일들을 해볼 수 있을 것 같다.

나의 소소한 소망은 비가 추적추적 오는 날, 아침부터 늦은 오후 같은 그런 날, 하루 종일 집에 꽁 붙어 있어 영화도 보고 맛있는 음식도 해먹고 가끔 나만의 소소한 금전적 일탈인 배달음식을 내 돈으로 시켜먹기도 하면서 뜨끈한 차 한 잔으로 여유를 보내는 것이다. 지금 생각해 봐도 아주 소박한 꿈인 것 같다.

아침 일찍, 역시 늦은 오후처럼 매우 어둑어둑했다. 분명 여름이지만 적당히 시원하며 오히려 좀 춥기도 한 것이 너무 좋았다. 아주 내 마음에 쏙 드는 하루가 될 것 같았다. 우선은 이불에 누워 가만히 재미없는 천장을 짧게 보다 밖의 비 오는 광경을 보며 소리를 느끼며 멍 때리는 지금이 너무 좋기 때문에 그냥 딱 30분은 가만히 있었던 것 같다. 30분이 지나고, 아니 더 지났을까. 슬슬 배가 고파오기 시작한다. 당연한 것이 아침시간을 훌쩍 넘어버렸기 때문이다. 아침을 먹으러 냉장고로 향하였다. 웬걸 텅텅 빈 냉장고만이 나를 반겨줄 뿐이다. 결국엔 배달음식으로 메뉴가 정해져버렸다. 원래 비 오고 추적추적한 날은 요리를 해먹을 게 안 되는 것 같다. 기분도 요리하기 딱 풀어지는 날씨. 뭘 시켜 먹을까 한참을 고민하다 그냥 무난하게 맛도 보장되고 양도 보장되는 치킨을 시켜 먹었다. 가격은 보장이 안 되지만 가끔은 이런 소소한 방출도 괜찮지 않을까. 치킨은 기름진데 날씨는 비가 오니 아주 맞는 것 같다. 역시 치킨은 언제 먹어도 내 입을 즐겁게 해준다.

치킨 먹으며 비 오는 날 어울리는 영화를 가족과 함께 봤다. 누구에게나 재미를 주는 가족영화는 잔잔하며 큰 울림을 주기에 아주 적합했다. 직접적이지 않는 간접적으로 1차, 2차에 걸쳐 영화는 나에게 많은 의미를 주고 여운을 남겼다. 그렇게 영화를 오랫동안 보다보니 다시 허기가 져서 그냥 요리를 해보기로 했다.

역시 비 오는 날은 전이다. 나는 부추전이 제일 좋다. 부추전이 3장 있으면 3장을 다 먹을 수 있을 것 같다. 특히 부추전을 아주 바삭바삭하게 먹는 걸 좋아한다. 내 입맛에 맞게 노릇노릇하게 그렇다고 타지는 않게 적당한 굽기로 또 하나의 요리가 완성되었다. 치킨을 언제 먹었냐는 듯 간장을 찍어 행복한 미소로 모두 말끔히 먹어 버렸다. 오늘 하루는 먹기만 한 것 같지만 내가 좋아하는 부추전과 치킨도 먹고 내가 좋아하는 영화도 봤기 때문에 아주 흡족한 하루였다. 머리 쓰는 일도 복잡한 일도 그 어떤 힘든 일도 없는, 다소 게으른 하루였지만 생각도 몸도 다 아주 편하게 쉰 그런 하루였다. 가끔씩은 이런 하루도 필요할 것 같다.

오늘 하루는 내가 좋아하는 것들이 가득한 하루였다. 집에서, 구름 낀 날씨에 빗소리가 음악을 깔아주고 마음을 위로해 주는 멋진 영화도 보고 내 입을 즐겁게 해주는 맛있는 음식도 먹고 시원한 날씨에 따뜻한 이불을 덮을 수 있는 그런 멋진 하루.

항상 생각나는 달달함

'다양한 세상을, 문화를, 가지각색의 다양성을 불러일으키는', '초코 케이크, 블루베리 케이크, 무스 케이크'

케이크는 나를 달콤히 녹여준다.
가끔씩 아무 날도 아닌데 케이크가 먹고 싶을 때는 어쩔 줄 모른다.
케이크도 조각으로 말고 하나 다 사서 숟가락으로 퍼먹고 싶다.

어느 날 집에 오니 케이크 상자가 있었다.
뒷골목 거름뱅이 아저씨가 금은보화라도 발견한 듯 신이 났다.

"엄마 이게 뭐야?!"
"케이크야. ~"

"우와. 엄청나다. 근데 이거 왜 샀어? 무슨 날이야?"
"아니, 그냥 지나가다가 갑자기 케이크 먹고 싶어서 샀지~"

어떤 날도 아니건만 엄마와 함께 케이크에 불을 붙이고 오늘 하루를 아주 특별한 하루인 것처럼 특별하게 모든 걱정을 내려놓고 오로지 그 순간 케이크를 먹는 것에만 신경을 썼다. 아무 날도 아닌데 케이크를 먹고 불까지 붙여 먹으니 기분이 낯설면서도 왠지 모를 설렘과 촛불처럼 마음도 따뜻해지는 것 같았다. 엄마가 사오신 케이크는 모카 케이크였다. 커피향이 나는 것 같은 모카. 평소 커피를 그닥 좋아하지 않던 터라 모카란 말에 조금의 반감이 들었지만 웬걸 케이크라 하니 뭐든 좋았나 보다. 모카 케이크를 먹으니 의외로 좋아하던 달달하고 부드러우며 수분 가득한 모카 빵이 생각났다. 모카 빵이 있었다면 아주 모카 파티를 하기에 안성맞춤이었을 것이다. 모카 빵은 나의 단골 손님 중 하나이기도 하다. 매번 빵집을 가면 모카 빵이랑 슈크림이랑 에그 타르트랑 애플파이 중에서 몇 분을 고민하며 시간을 잡아먹는다. 정말이지 생각만 해도 맛있어지고 입에 넣어 맛을 느끼는 기분이 들게 하는 가장 마음에 드는 달콤하고 촉촉한 부담 없는 빵들.

양의 기억

두 번째. 다시 시작되는 세계로의 여행. 장소는 역시나 유럽 쪽으로
정하였다. 그렇지만 처음과 다른 어떤 예상치 못한 일들이 마구 펼쳐질
것 같다. 다시 유럽으로 가기로 한 것도 아직 모르는 것들이 너무 많기
때문이다. 도시의 삭막한 거리와 달리 내가 바라던 넓은 들판 푸른 하늘
산새음 소리와 함께 즐겁게 들려오는 풀들의 지저귀는 소리. 이 모든 것
이 내 마음에 너무나 알맞게 들어맞으며 아주 고급스럽고 여유로운 빠름
으로 느껴진다. 평소 아름다운 산 둘레에 자연의 음악이 들리는 넓은 들
판이 펼쳐진 곳으로 가고 싶었다. 이런 전차로 나의 방향은 스위스를 향

해 가고 있었다. 스위스는 동화 속에 나오는 아름다운 시골 같았다. 공기도 너무 좋고 웃어주는 새들과도 친구가 될 수 있을 것 같았다. 그곳에선 이때까지 힘들었던 기억들이 하나도 생각나지 않고 마냥 기분이 좋았다.

넓은 들판에 누워 있는데 어떤 소리가 귓가에 여운을 남긴다.

"메~"

양이었다.

양은 동물 중에서도 아주 순한 동물이라고 한다. 말을 잘 듣고 무리지어 다니며 다루기도 쉽다고 한다. 그래서 내가 다가가도 성내지 아니하고 가만히 나를 받아 주었다. 양의 털은 솜털같이 아주 부드러웠다. 색깔도 아주 새하얗고 투명한 물처럼 양의 털도 투명이 빛이 났다. 아기양이 내 곁으로 다가왔다. 눈을 감고 양을 안아보니 풀 냄새와 함께 촉촉함이 얼굴을 살며시 적신다. 옛적 아무런 혁명적 문명도 발견할 수 없었을 때에는 이런 느낌이었을까? 이런 생활이었을까? 현대의 혁명전 전파 속에 갇힌 수많은 사람들은 이런 생활을 이런 장면을 생각해 보기나 했을까. 나도 바라지 못했을 삶 잠깐이나마 담아두려 한다.

내가 묵은 숙소는 들판에서 멀지 않은 곳이었다. 아는 분의 소개를 받아 간 곳이라 전혀 불편하지 않았다. 주인분은 오래 만난 것 같이 친근하고 따뜻하셨다. 이 들판에 양목장도 그분이 관리하시는 곳이었다. 양에게 먹이를 주고 싶어서 주인분께 먹이를 받으러 1층 작은 로비로 갔다.

"양한테 먹이를 주고 싶은데 줄 수 있을까요?"

"어머! 당연하죠. 때마침 양들 식사 시간인데 지금 저는 다른 쪽에 식사를 줘야 해서 난감하던 참인데 잘 맞춰 오셨네요."

주인분께서는 아주 친절히 양들이 먹을 다양한 종류의 부드러운 먹이를 주셨다. 들판 중간에 먹이를 들고 앉아 있으니 양들이 천천히 나에게 다가왔다. 내가 양들의 엄마가 된 느낌이었다. 양들은 아무리 봐도 상상할 수 없을 만큼 너무나 순했다. 직접 양들을 보기 전에는 느껴볼 수 없던 것들이다. 누가 먹지 못하는 상황이라도 성을 내지 아니하고 얌전히 주는 대로 받아들이며 서로를 배려하며 앞선 자를 함께 화합으로 따라가는 양무리들. 양들을 보고 많은 것을 깨닫고 다짐했다. 나도 양 같은 선한 사람이 고개 숙일 줄 아는 사람이 되고 싶었다. 주어진 상황에 만족하고 감사하며 항상 높은 곳이 아닌 낮은 곳을 바라보며 주인이 인도하는 곳으로 어디든 겸허히 따라가는 그런 선한 양이 되길 소망한다.

양에게 먹이를 다 준 뒤에 돗자리를 가지고 들판 나무 아래에 누워 먼 풍경을 바라봤다. 공기가 좋고 날씨도 적당히 시원해서 금방 잠에 들어버렸다. 몇 시간쯤 지났을까 깜짝 놀라 깨어보니 형언치 못할 광경이 펼쳐졌다. 눈이 살짝 덮인 산맥 옆으로 노을이 붉게 물들며 안개가 맑게 껴 있고 많은 자라난 풀들은 반짝이며 촉촉하게 빛이 나고 있었다. 잠이 들고 잠이 든 줄도 모르게 깨어난 후 아름다운 광경을 보니 정신이 바짝 들었다. 처음 비행기를 타며 봤던 수많은 별들의 광경을 보는 듯 그만큼 이루 설명할 수 없었다. 그대로 다 담을 순 없지만 좋은 카메라를 가져갔던 덕에 카메라로 계속 사진을 찍고 동영상도 남겼다. 한 한 시간은 하늘을 찍는 데 시간을 보낸 것 같다. 열심히 사진을 찍는 중 배에서 심한 배고픔이 느껴져 왔다. 배고픔이 몰려오니 사진을 찍는 것도 제대로 집중할 수 없어 좋은 작품이 나오지 않았다. 일단은 밥을 먹고 다시 무엇을 하기로 했다.

"어, 우리 마침 저녁 먹으려던 참인데 같이 먹어요. 오늘 타이밍을 잘 맞추시네요.^^~"

"진짜요? 우와 완전 배고팠는데 진짜 맛있겠어요. 감사합니다."

"네~ 맛있게 드세요. ~ 오랜만에 정성 좀 들여 봤어요."

주인분의 웃음에 나도 덩달아 웃음이 지어졌다. 처음에는 낯선 환경에 불편함이 없지 않아 있었지만 언제 그랬냐는 듯 금세 내 집처럼 편안해졌다. 고소한 수프에 건조된 소시지와 치즈를 곁들여 먹으니 맛이 잘 어울렸다. 후식은 토마토였다. 아주 적당한 배부름에 좋은 분들과 함께하니 더없이 소중한 식사였다. 소화도 할 겸 산책도 할 겸 밖으로 나가려던 참이었다.

"어디 가요?"

"많이 먹었으니 산책도 하면서 이제 운동하려고요.~"

"그럼 저기 위 언덕너머에 작은 축제가 시작해서 우리 딸이랑 지금 막 가려는 참인데 같이 가보지 않을래요?"

축제라기에 딱히 내키진 않았지만 같이 가면 좋을 것 같아서 고개를 끄덕였다. 걸은 지 10분이 지났을 때였나? 사람들 소리가 점점 들려 왔다. 축제라고 하기에 엄청 시끌벅적할 줄 알았다. 이런 이유로 처음에 말해 주셨을 때도 썩 내키지 않았던 것이다. 보통 축제라 함은 너무 재미도 없고 먹고 마실 것 뿐이기 때문이다. 그런데 이곳 사람들은 아주 풍요를 느끼며 서로 진심으로 행복해 하며 웃고 지인들과 맛난 음식도 먹고 있었다. 처음 보는 사람들이었는데 그 사람들이 너무 좋아 보였다. 서로에게 예의도 갖춰 가며 즐거움을 나누고 있었다. 가끔씩 이 마을에서는 각자가 할 수 있는 세계 여러 음식들을 요리해 와서 함께 먹고 즐기는 작은 축제를 한다고 한다.

축제에서 많은 사람들도 만나고 맛난 음식도 먹은 뒤 다시 숙소로 돌아왔다. 주인분의 집은 4층으로 되어 있었다. 내가 자는 방은 3층에 있었다. 3층으로 가려고 계단을 오르고 있었는데 2층에 피아노가 보였다.

"이 피아노 평소에 쓰시는 건가요?"

"아~ 그거. 네, 맞아요. 평소에도 자주 써요. 그래서 조율이 잘 돼 있을 거예요."

"피아노 칠 줄 알아요?"

"잘은 아닌데 치는 걸 좋아해요."

"그럼 한번 쳐봐요. 저희 어머니께서 쓰시던 건데 오래 됐지만 아주 소리가 좋아요."

"아 진짜요? 감사합니다~"

나는 초등학교 6학년 때 피아노를 1년 배운 게 끝이었다. 가끔 좀더 일찍 오래 다녀 둘 걸 하는 생각도 종종 한다. 고2 때까지는 피아노가 있으면 가끔 연주하고 말았다. 우리집에는 피아노가 없었다. 그런데 고2 여름방학 때 열심히 피아노를 연습해서 그때부터 지금까지 계속 치고 있다. 피아노는 내가 생각했을 때 최고의 악기인 것 같다. 하나에 꽂히면 나는 정말 그 하나를 아예 파고들어 버린다.

원래 한국에서 저녁에는 사람들이 시끄러우니 안 쳤는데, 이곳은 땅이 넓어 집 간격이 넓고 집 자체도 커서 계속 칠 수 있었다. 그 덕분에 1년 치 피아노 칠 거는 다 친 것 같았다.

3주. 짧으면서도 긴 시간이었다. 나는 3주 동안 보고, 듣고, 배웠다. 동물들도 많이 봤다. 귀여운 동물들. 동물들이 나를 참 좋아했다. 많은 좋은 사람도 만나고 알게 되었다. 주인분께도 감사하고 주인분 가족께도 감사했다. 나를 가족처럼 잘 챙겨 주셨다.

사실 버스를 타고 이 마을을 오면서 생각했다. 내가 무슨 생각으로 이곳에 오는가. 내가 이곳에 온 이유는 놀러 온다는 핑계로 도망쳐 온 것이다. 나의 삶이 앞이 안개로 가린 듯 꽉 막혔었다. 무언가를 뚫어내고 싶었다. 앞으로 나아가야 할 길이 전혀 보이지 않았다. 그래서 모든 걸 잠시 가라앉힐 무언가가 필요했다. 그 이유였다. 이곳에 오게 된 결정적 이유가. 그래서인지 처음에는 무거웠다. 밝은 마음이 들지 않았다. 이곳에 온 것이 후회도 됐다. 하지만 생각이 차츰 바뀌어 갔다. 내가 너무 졸이며 마음 문을 닫고 있었던 것이다. 다시 주변을 돌아보게 되었고 금세 밝은 모습을 되찾아 갔다. 생각해 보니 계속 이리 치이고 저리 치여 판단력이 흐려진 것이 내 마음에 안개가 된 것이다.

내가 어디서 제일 잘 어울리고 행복해 하는지도 알게 되었다. 돌아가서도 잊지 않길 바란다. 이 시간들이 헛수고가 되지 않도록.

후기

오늘 내가 달리는 이 길을
당신은 아는가?

2018년 8월 21일 화요일

나는 거침없이 달린다. 점점 가속도를 낸다. 주변 사람들이 흠칫흠칫
놀라는 소리가 여기저기 들린다. 그래도 나는 쉴 수 없다. 그저 앞만 보
고 달려간다. 지금 내 주위에 뭐가 일어나는지 그런 것은 신경쓸 겨를도
없다. 점점 빨라진다. 내 주위에 정말 아무것도 보이지 않기 시작한다.
이제는 내 의지가 아닌, 속도에 의해 강압적으로 빛을 잃어간다. 나의
엔진은 소용을 다했다. 내 의지를 벗어난 속도는 위화감이 들 정도로 급
속도로 빨라진다. 나의 자아인지 알 수 없는 경지에까지 이르렀다. 지쳐
간다. 이제 점점 더 무서워져 간다. 분명 제일 빠르면 1등이다. 모두를
제치고 나아왔다. 이 길이 정답이라고 생각한 순간 더이상의 판단은 없
었다. 모두가 처음에는 대단하다고 했다. 그 뒤에는 속도에 의해 그 소
리를 들을 수 없었다. 이제 점점 느려져 간다. 그런데 오던 때와는 다르
다. 갑자기 무서울 정도로 느려진다. 몸에 힘이 빠진다. 그제서야 주변
이 보인다. 밝은 빛이 더 심하게 밝아져 내 몸의 힘까지도 앗아가는 느
낌이다. 이런 삶을 살았다. 그 누군가가. 나는 이런 삶의 주인공이 되고
싶진 않았다. 비극의 결말. 하지만 이것도 나름대로의 스토리라고 할 수
있다. 그렇지만 아름답지가 않다. 여기서 아름다움이란 그저 사람들이
동경하는 아주 잘 맞춰진 틀이 아니다. 꿈을 불러 일으키고 뭔가 톡 쏘
듯 자극하는, 강렬함이 아니라 상쾌하면서도 부드러운 그런 아름다움.

나는 그런 아름다움을 꿈꾼다. 혹여나 이제껏 앞만 바라보고 누군가 정해준 대로 아니면 환경에 의해 흐르듯 정해진 대로 달려왔다면 잠시 멈춰 보는 게 어떠한가. 멈춰서 여러 가지의 시야로 내 주변을 바라보자. 무엇이 보일까. 아직은 낯선 느낌이라 제대로 받아들여지지 않겠지만 이제는 환경의, 주변의 의지가 아닌 주변에 의해 꺾여 그대로 쭈욱 흘러버리는 게 아닌 나의 정신을 가지고 한 발짝 내디뎌 보아 그 길로 이제 흘러가는 것이다. 그 길은 내가 멈출 수 있다. 잠시 휴식을 취할 시간도 준다. 다시 돌아가고 싶으면 돌아가도 좋다. 그러기에는 나이를 너무 많이 먹어 버렸나. 그럴 시기가 아니라고 말한다면 어찌 할 도리는 없다. 그러나 지금이 시간이다. 그럴 시기라는 것은 없다. 다 자신이 만들어 나아가는 것이다. 이제 딱딱하게 쓰인 종이를 잠시 내려놓고 막막할지라도 다시 혼자 그 하얗고 빈 종이에 자신을 채워나가자. 무엇을 선택하든 그것은 자유다. 모든 것이 다 내가 선택하는 것이다. 그렇지만 그것에 대한 책임도 기쁨으로 자신이 받아들이는 것이다.

Tiramisu

열여덟, 달콤하고 포근한 꿈을 가진 여학생의 삶을 들어보세요.

곽보배

곽 보 배

Tiramisu는 '나를 끌어올리다'라는 뜻을 가진 케이크입니다.

저에 대한 것은 이 책을 읽으며 알아보세요.

저는 글을 잘 쓰지도 어휘력이 좋지도 않아요.

그래도 이 책을 읽으면서

'다른 사람들은 이렇게 살고 있구나…'라고

느꼈으면 좋겠어요.

사랑 ─ 미처 전하지 못했지만 훗날엔 꼭 해야 하는 말

기적 ─ 살아가며 기댈 수 있는 유일한 희망

꿈의 시작

2010년, 나는 10살이 되었다. 그해에 내 또래 여자애들이라면 보던 만화가 있을 것이다. 아직까지 기억하는 사람들도 있겠지? 그 만화는 '꿈빛 파티시엘'이다.

훌륭한 파티시엘이 되기 위해 '세인트 마리' 학교에서 공부하는 학생들을 다룬 만화이다. 내 또래 여자애들이 본 것처럼 나도 그 만화를 보았고, 소중한 나의 첫 번째 꿈이 생겼다. 꿈이 생기고 난 후부터는 게임이나 만화를 보기보단 '올리브'라는 요리 채널을 틀고 요리사들이 요리하는 것을 보거나 재료를 설명하는 것을 들으면서 놀았다. 그러다 예쁜 케이크가 보이면 과자를 사서 그 케이크들을 흉내내 보았다. 과자에 코코아 가루도 뿌리고 초코를 녹여서 과자에 바르고…ㅎㅎ 지금 생각하면 정말 유치하고 볼품없는 케이크였지만 그때 나에게 있어서는 세상에 단 하나뿐인 멋진 케이크였다. 물론 그 케이크를 만들 땐 항상 주방을 더럽게 쓴다고 엄마한테 혼났지만…^^

초등학교 5학년에 올라갈 때쯤이었나? 나름 열심히 요리도 하고 다른 것들도 해보았지만, 하면 할수록 이게 잘하는 것인지도 모르겠고 소질도 없어 보여 파티시엘의 꿈을 거의 포기하게 되었다. 그런데 때마침 경찰이신 고모부가 하시는 일이 하나 같이 멋있고 자랑스럽게 느껴져 경찰로 꿈을 바꾸었다.

그러다 다시 파티시엘이라는 꿈을 가지게 된 건 중학교 2학년 겨울방학식 때 한 친구의 말 덕분이다. 초등학생 때는 내가 공부를 잘하는 줄 알았지만 중학생이 되니 결코 잘하는 것이 아니었다. 그래서인지 경찰이라는 꿈은 점점 멀어져 갔고 한숨을 푹푹 내쉬며 진로에 대해 고민을 하고 있었는데, 그게 신경쓰였던지 친구가 나에게로 와 무슨 고민이 있냐고 물었다.

"나는 커서 뭐하지?"

아마도 이것이 내 자신에게 던지는 첫 질문이었던 것 같다.

그때 나는 연필로 케이크를 그리고 있었다. 친구는 내가 그리고 있는 그림을 가리키면서

"파티시엘 해. 너 케이크 좋아하잖아. 전에도 너 꿈이 파티시엘이었다면서… ."

친구의 말을 듣고 나는 최면에 걸린 것처럼 제과제빵을 다시 떠올렸다. 그리고 겨울방학이 시작되면서 제과제빵 공부를 시작했다. 어찌 보면 그 친구 덕분에 지금의 공부를 하고 있는 것일지도 모른다. 나에게 파티시엘이라는 꿈을 다시 한번 꾸게 해준 그 친구를 진심으로 고맙게 생각하고 있다. 그 친구가 아니었다면 난 아직까지 하고 싶은 것이 무엇인지도 모른 채 빈둥빈둥 놀거나 관심도 없는 공부 같은 것을 하면서 그냥 시간만 낭비하고 있겠지? 이렇게 내 꿈은 재탄생(?)했다.

한 번뿐이었던 소중한 경험

나는 남들보다 빨리 꿈을 찾았다고 생각했다. 하지만 3개월이 지나자 슬럼프인지 잘못하는 것도 같고 좀 쉬고 싶고 다른 것에도 도전해 보고 싶었다. 마침 그때 내가 관심 있었던 것이 춤이었다. 춤을 본격적으로 배우고 싶었지만 부모님의 반대가 심했다. 반대가 심해도 너무 심해서 나는 1년의 시간을 달라고 부탁을 했다. 그러자 아빠가 1년 동안 성과를 보이면 인정해 주겠다고 하였다.

'그럼 이제 학원을 다닐 수 있나?'

그런데 아빠가 스스로 돈을 벌어서 학원을 다니든 말든 알아서 하라고 하신다.

'그러면 알바를 해야겠다!'

하지만 그때의 나는 나이가 너무 어려 부모님께 동의서를 꼭 받아야만 아르바이트를 할 수가 있었다. 그래서 동의서를 받고 아르바이트를 구하기 위해 아빠한테 부탁했는데

"그것도 너 스스로 알아서 해야지."

라고 한다. 그때 정말 어처구니가 없었다. 말이 되는 소린가? 스스로 돈을 벌라고 말해서 아르바이트를 하려고 했는데… 그러기 위해서는 부모님 동의서가 꼭 필요한데… 그것도 알아서 하라니 그럴 거면 그냥 1년의

시간도 주지를 말든가 장난하는 것도 아니고 그때 나는 아빠가 너무 싫고 미웠다.

그래도 1년의 시간 동안 성과를 보여야 하니 혼자서 아무 영상이나 틀고 주구장창 연습만 했다. 그러다 연예오락을 취급하는 '인스티즈'라는 사이트에서 '트위터에서 춤과 노래를 좋아하는 사람들을 위한 프로젝트를 연다'는 소식을 접하게 되었다. 그 글을 보자마자 심장이 요란하게 뛰었다. 그때 난 아무 생각도 들지 않았다.

평소 SNS를 잘하지 않았지만 그 프로젝트에 참가하고 싶어 트위터를 깔아 관련 페이지에 들어갔다. 공지 내용을 보니 이 프로젝트는

'서울에서 연습하고 서울에서 공연을 한다. 그러니 서울까지 올 수 있는 사람만 참가하길 바란다'

'1997~2001년생인 사람만 참여 가능'

'주최측에서 포지션에 따라 팀을 만들어 주고 한 수련관에서 다 같이 연습한다'

등등의 글이 적혀 있었다. 완전 인기 프로그램 '프로듀서 101'과 비슷했다. 서울에서 한다는 게 마음에 걸렸지만 나는 그냥 신청을 하였고 그 프로젝트에 참여하게 되었다.

2016. 12. XX

주최측에서 프로젝트에 참여하는 사람들을 톡방에 초대하여 프로젝트에 대해 간략하게 설명하고 서로 소통하는 시간을 주었다. 조금 얘기하다 보니 내가 제일 나이가 어리고, 참가한 대다수가 가수를 꿈꾸고 있다는 걸 알 수 있었다. 그렇게 한동안 서로에 관한 궁금증을 풀고 왜 이 프로젝트에 참가하게 되었는지 이야기를 나누었다.

2017. 01. XX

그 뒤로 2주 정도 지났나? 주최측에서 팀장을 원하는 사람들은 개인적

으로 연락을 달라고 하여 나는 할 거면 제대로 하고 싶어서 팀장을 원한다는 것과 내가 팀장이 되어야 하는 이유를 보냈다. 며칠 뒤 팀장을 중심으로 팀이 만들어지고 각 팀장들에게 자신들의 팀원이 누구인지 연락이 왔다. 물론 나도 그때 팀장으로 발탁되었다!!

드디어 단톡방이 만들어졌다. 카톡 프로필의 얼굴을 보니 우리 팀원모두 하나같이 다들 예쁘게 생겼다.ㅠㅠ 서로 아무 말도 안 하고 있으니주최측에서 우리가 지금 당장 해야 할 일과 앞으로 해야 하는 일들에 대해 차근차근 설명해 주었다. 그리고 우리가 편하게 말할 수 있게 톡방을나가주었다. 처음엔 내가 먼저 인사했고 그 다음엔 다른 언니가 인사했다. 나를 제외한 다른 언니들은 다 서울에 살았다. 우리는 당장 해야 될일과 앞으로 해야 될 일을 위해 서울에서 직접 만나 얘기하기로 했다.

2017. 01. XX

오늘 드디어 우리 팀을 만나러 서울로 간다. 혼자서…^^ 조금 겁이 났지만 인터넷에서 지도를 검색해 약속장소로 갔다. 내가 조금 일찍 도착해서 그런가? 약속 장소에는 아무도 없었다. 한 10분 정도 지나니 언니들이 오기 시작했다. 한 명, 두 명, 세 명 그렇게 나를 포함하여 네 명!다 왔다. 서로 어색한 분위기 속에서 간단하게 인사를 마치고 본격적으로 주최측에서 얘기한 것에 대해 의논하였다. 의외로 다들 나이가 많았고 바로 위의 언니랑 2살 차이가 났다. 그래서 부담스럽고 조심스러웠지만 얘기하다 보니 다들 너무 착하고 재밌는 언니들이었다.

먼저 팀 이름을 정해야 했다. 팀 이름은 의외로 빠르게 결정되었다.만장일치로 'ZEST(기분 좋은 자극)'가 우리 팀 이름으로 확정되었다. 그 뒤우리는 무대를 어떤 식으로 꾸밀지에 관한 얘기를 하였다. 그때 주최측에서 연락이 왔다. 안무창작의 주제를 무작위로 추첨하여 팀별로 연락을 준거였다. 우리 팀 안무창작 주제는… '섹시와 몽환'이었다. 정말 답이 없는제시어다.

'망했다…'

는 생각밖에 안 들었지만 '기왕 이렇게 된 거 한 번 열심히 해 보자!'는
마음으로 안무 창작에 대해 이야기했다.

2017. 02. XX

안무창작의 주제가 예상 밖이라 준비가 어려울 줄 알았는데 오히려 콘
셉트를 잡기 쉬워 곡을 쉽게 정했다. 나는 성격도 그렇고 생긴 것도 이
번 콘셉트와 안 어울려 안무를 짜는데 어려움이 많았다. 그래도 안무 수
정을 계속하며 안무를 짰다. 그렇게 공연 준비를 시작하니 조금씩 어느
정도 형색이 맞춰지기 시작했다. 서울 구경은커녕 연습실에서 연습하느
라 밖에 나가지도 못했지만…ㅎㅎ

다들 밥도 안 먹고 죽기 살기로 연습만 했다.

2017. 02. XX

오늘은 방송 댄스 라이브와 합동공연 준비로 모였다. 우리 팀의 방송
댄스 라이브는 원래 레드벨벳의 '러시안 룰렛'이었는데 아무래도 춤이 과
격하다 보니 노래 부르는 것에 문제가 생겨 마마무의 'Piano Man'으로
바꾸었다. 이 노래에도 약간의 안무가 있긴 하지만 스탠드 마이크를 이
용한 퍼포먼스만 살짝 준비하기로 했다.

방송 댄스 라이브 준비가 끝나고 합동공연 준비를 위해 장소를 이동하
였다. 가는 길이 어찌나 길게 느껴지는지. 미리 상대 팀 팀장과 서로 얘
기도 해보았는데 너무 떨렸다. 아무래도 처음 만남이라 곡의 분위기와
서로 친목도 다질 겸 연습실이 아닌 떡볶이집에서 만났다. 서로 의견이
조금 다르긴 했지만 3개의 곡으로 구성하여 잘 조절하였다.

2017. 02. 24.

한 달 전부터 준비하던 공연이 내일이다. 나는 다른 사람들과 달리 학

원도 안 다니고 춤추어 본 경험이 많이 없어 춤을 추는 것이 서툴렀다. 하지만 한 달간 언니들한테 물어가면서 꾸준히 연습을 한 덕분인지 이제 제법 잘하게 되었다. 오늘은 공연 하루 전이라 다 같이 모여 리허설을 하였다. 다른 팀들의 리허설이 시작되고 우리는 대기실에 들어가 준비를 하고 있었다. 그때 공연장에서 익숙한 노래가 들렸다. 이 노래는 우리가 합동공연으로 준비한 곡인데? 노랫소리를 듣고 우리들은 공연장으로 뛰어갔다. 이런!… 다른 팀이 우리가 선택한 곡으로 창작 춤을 추고 있었다. 우리는 아무 말도 없이 지켜만 보았다. 왜냐하면 누가 봐도 저 팀이 곡의 분위기에 맞게 훨씬 잘 췄기 때문이다. 우리는 대기실로 돌아가 합동 공연에 대해 얘기하였다.

"이 곡을 뺄까?"

"아냐, 우리는 즐기러 왔으니까 빼지 말고 연습한 대로 추자."

2017. 02. 25.

그렇게 기다리던 공연 날이다!!

우리 팀은 마마무의 'Piano Man', 레이디스 코드의 'Galaxy' 그리고 합동공연 이렇게 3개의 공연을 한다. 다른 팀들과 우리 팀의 공연이 차례차례 시작되고 공연의 마지막 주인공인 우리는 환한 조명과 환호성 속에서 공연을 시작했다!

결과가 궁금하다고?

당연히 엄청 잘했다!! ><

이 공연을 위해 거의 4개월 동안 혹독하게 다이어트를 했고 공연이 끝남과 동시에 우리의 다이어트도 끝났다!! 공연이 끝나자마자 합동공연을 한 팀과 우리는 고기를 먹었고, 길거리에서 꼬치, 솜사탕, 팝콘 등을 계속 먹었다. 2월 25일, 그날은 평생 잊지 않을 것이다. 그 공연에 대해 더 자세히 적고 싶지만 그땐 너무 정신이 없어서 기억이 잘 나지 않는다. 공연 때문에 정신없고, 먹느라 정신이 없었던 25일. 그날을 기준으로 다시 각자의 일상으로 돌아갔다.

우리가 아직 계속 만나냐고, 잘 지내냐고 물으면… 우린 정말 잘 지내고 있다. 벌써 자신이 원하는 꿈을 이룬 사람도 있고 그 꿈을 위해 열심히 공부하는 사람들도 있다. 또 가끔 공연했던 사람들끼리 만나면서 재밌게 놀기도 한다.

여기서 이 얘기는 끝나지만 더 할 얘기가 있다면 프로젝트에 참여했던 사람들은 다들 평생 잊지 못할 추억을 가지고 갔다는 것이다. 이 프로젝트는 우리가 1기였다. 2018년도와 2019년에도 이어진다는 소식이 있는데 과연 어떤 무대가 나올지 정말 궁금하다. 기회가 되면 같이 연습했던 언니들이랑 공연 보러 갈 건데… 볼 수 있겠지?

티라미수
: 나를 끌어올리다

나에게 빵은 인생의 전부이다. 빵을 빼면 내 인생에 남는 것이 없다.

그만큼 어렸을 때부터 빵과 같이 했다. 나는 다른 사람들보다 단 것을 무지 좋아했다. 처음 케이크를 먹어 보았을 때 평생 케이크만 먹으며 살고 싶었다. 조금 큰 지금도 매운 것을 못 먹는 만큼 단 음식을 잘 먹는다. 어렸을 적 '꿈빛 파티시엘'을 보여 나도 주인공처럼 사람들에게 맛있는 케이크를 만들어 주며 내 케이크를 먹은 사람들이 웃기를 바랐다.

한번은 내 친구가 학교에 머랭과 마카롱을 가져왔다. 그것을 보고 나도 친구들에게 만들어 주고 싶은 마음이 생겼다. 처음은 그냥 재밌어 보이기도 하고 영어공부에 지쳐 새로운 무언가를 하고 싶어서 시작했다. 레시피를 만드는 것과 재료를 사는 것이 귀찮기는 했지만 친구들이 어떤 표정을 지을지 궁금해져서 계속 준비하였다.

며칠 뒤 주문한 재료와 도구들이 도착했다. 오랜만에 보는 재료와 도구들을 보자 생일 선물을 받은 어린아이처럼 신나하며 그날 바로 만들기 시작하였다.

내가 준비한 것은 티라미수다. 다른 재료들도 많이 샀지만 오랜만에 시작하는 것이니 가볍게 티라미수를 만들기로 했다. 2시간이면 다 만들 것 같았는데 손도 굳고 팔 근육이 다 빠져 믹싱하는데 시간이 오래 걸려 그날 밤을 새고 말았다. 완전 생고생이었다. 앞으로는 이걸 하나 봐라.

그런데 학교에 가져가니 친구들이 너무 좋아한다. 처음엔 그냥 학교에 먹을 것이 생겨 좋아하는 것인 줄 알았는데 애들이 다 먹고 그릇을 가져오며 진짜 맛있었다며 팔아도 되겠다며 다들 엄청 좋아했다. 다른 반 애들도 와서 한 입씩 먹으며 처음 보는 사이임에도 불구하고 정말 맛있다고 칭찬을 하며 갔다. 친구들이 내가 만든 티라미수를 먹고 웃으며 맛있다며 좋아하는데 밤샘 피로가 싹 풀렸다. 다시 친구들에게 주기 위해 또 다른 레시피를 만들었다.

이번에 만들 것은 3개다. 티라미수, 바나나 푸딩, 커피 마들렌이다. 커피 마들렌에는 초코 글레이즈를 뿌릴 생각이었는데 초코 글레이즈를 망해버려 커피 마들렌을 망쳐버렸다. 며칠 전이었으면 짜증나고 다 엎어버렸을 텐데 신기하게 짜증이 안 나고 오히려 왜 내가 실패했는지 공부하고 싶어졌다. 대신 티라미수와 바나나 푸딩을 열심히 만들었다. 이날은 전날보다 2시간 먼저 시작했는데도 다 못 만들어 밤새도록 만들었다.

친구들에게 주려고 손수 포장을 하여 가져갔다. 다들 바나나 푸딩은 쳐다도 안 보고 티라미수를 가져가기에 바빴다. 나는 둘 다 정성을 들여 만들었는데… 나 혼자 실망하고 있는데 친구 한 명이 바나나 푸딩을 가져가 먹고는 너무 맛있다고 칭찬을 해주었다. 그 덕분인지 친구들이 그제서야 바나나 푸딩에 관심을 보이기 시작했다.

이 경험을 통해 내가 깨달은 것이 있다. 하나는 입 소문이 무섭다는 사실. 다른 하나는 내가 뭐든 잘 만드는 줄 알았는데 그게 아니었다는 사실. 나는 어렸을 때부터 음식을 만드는 것을 좋아했다. 그래서인지 다른 학생들에 비해 실력도 빨리 늘어 선생님들이 나를 좋아했다. 하지만 아무리 실력이 좋아도 오랫동안 공부를 안 하고 소홀히 하면 그것은 꼭 돌아온다. 나는 이날을 기준으로 영어공부와 제과 공부를 같이 하기로 결심했고 지금도 열심히 밤을 새 가며 케이크를 만들고 있다.

르 꼬르동 블루

고등학교에서 같은 꿈을 가진 친구와 같이 호주에 왔다.

'르 꼬르동 블루'

세계 3대 요리 학교 중 하나이다. 나는 이 학교에 입학을 하였고, 내 친구는 학교를 다니기 전 워킹홀리데이를 하기 위해 왔다. 앞으로 학교에서 볼 친구들은 수많은 경쟁률을 뚫고 온 학생들이겠지? 이곳에서 우리들은 각자 배운 것들을 토대로 제과제빵을 더 상세하게 배우게 된다.

르 꼬르동 블루에서 모든 과정의 시험을 한 번에 다 통과하면 2년 6개월 정도가 걸린다. 처음 10주는 기본만 배우면서 학교에 적응을 하는데 그때 우리나라에서 온 학생들과 다른 나라에서 공부하러 온 학생들이랑 인사를 나누며 친해졌다. 나는 처음에 낯을 좀 가려 친구 사귀기가 힘들었지만 처음 사귄 내 친구는 사교성이 좋아서 그런지 금방금방 친구를 사귀었다. 그러다 몇 개월이 흘러 여름이 되고 우리는 다 같이 방학을 맞아 해변에서 재미있게 놀았다. 방학이 끝나고 다시 학교를 가니 우리를 기다리고 있던 것은 다름 아닌

'유급실습 과정'

이다. 우리 학교는 성적에 따라 호텔과 이어주며 일을 시킨다. 실력이

뛰어난 학생에게는 누구보다 좋은 호텔에서, 뒤처지는 학생에게는 평범한 호텔에서 인턴 체험을 할 수 있도록 한다. 하지만 실력이 안 좋은 학생들은 당연히 그 인턴 체험도 못하게 된다. 각자 자신들의 특기를 살려 죽기 살기로 공부하고 또 공부했다. 물론 나도 나의 특기를 살려 원하는 호텔에서 일하기 위해 죽기 살기로 공부를 했다.

열심히 공부를 해서인가? 내가 원하는 호텔 중 한 곳에서 일할 수 있게 되었다. 이제 학교 수업은 잠시 뒤로 미루고 호텔에 나가 일을 배운다. 난 운 좋게 나랑 같이 다니는 친구와 같은 호텔을 배정받았고, 그 친구와 열심히 일을 배웠다. 뭐, 그래도 특기가 달라 나오는 다른 파트에 배정받았지만.

나는 초콜릿 공예와 페스추리가 뛰어나 마지막 마무리 작업에 들어갔고 내 친구는 과일을 잘 다루어서 과일 손질과 케이크 시트를 작업했다. 친구보다 일다운 일을 하는 것 같아 내심 좋아했지만 그것도 잠시, 친구는 자신이 맡은 일을 잘 수행하고 손도 빨라 다른 사람의 일도 도와주며 사람들의 신뢰를 금방 쌓아갔다. 그에 비해 나는 손이 느려 제시간에 끝내기에 급급했고 잦은 실수들도 많이 해서 인턴 기간만 채우고 나갔다. 내 친구는 인턴 기간도 다 채우기도 전에 호텔 측에서 먼저 일하자고 캐스팅을 해갔다. 부러웠다. 부러운 만큼 더 오래 연습하는 수밖에 없었다.

유급실습을 하고 나면 그 다음 과정을 듣기 위해 시험을 쳐 통과해야 했다. 내 친구들은 손도 빠르고 센스도 좋아 쉽게 통과했지만, 나는 손이 조금 느려 아슬아슬하게 통과했다. 그래도 낙제 안 받고 다 통과했다. 그 이후로 몇 차례 시험도 통과하여 2년 6개월이라는 짧은 기간에 학교를 졸업하게 되었다.

졸업 후 학사과정을 신청할 것인가, 그냥 일을 할 것인가를 오래 고민하다 나는 학사과정을 듣기로 했다. 어학원에 다닐 때부터 같이 다닌 친구도 학사과정을 듣기로 했지만 나머지 친구들은 모두 학사과정 대신 호텔에 취직하였다. 학사과정이 실습을 좀더 체계적으로 가르쳐 주는 줄 알았는데 예상외로 마케팅, 교육, 위생학 등 이론적인 것을 가르쳐줬다. 내 친구는 이런 스타일이 자신의 마음에 안 든다고 중간에 포기하고 일본으로 가 '동경제과학교'를 다니기 시작했다. 원래 그 친구는 '르 꼬르동 블루'를 졸업하면 '동경제과'로 가려고 했는데 내가 설득해서 함께 학사과정을 들었던 것이다. 그러다 결국에는 일본의 다른 제과 과정을 배우러 떠났다. 이제 학교에는 나 혼자 남았다. 아는 친구가 별로 없어 외로웠지만, 금세 다른 친구를 사귀고 무사히 학사과정을 마쳤다. 이 학교에서 모든 과정을 무사히 마치는데 5년이라는 시간이 걸렸다.

25살. 학사과정까지 마쳤다. 나는 내 스스로가 자랑스럽다. '이제 한국으로 돌아갈까?'

잠시 고민이 되었다. 하지만 그동안 공부한 것을 제대로 써먹고 싶기도 하고 이 나라에 정도 들어 호주에서 경력을 쌓은 후 예전부터 가고 싶었던 프랑스로 가 여러 나라의 문화와 취향에 대해 공부를 해 파티시엘로 이름을 날리고, 한국으로 돌아가기로 결심했다. 돌아가서는 호텔 기능장이 되어 재능을 뽐내고, 먼 훗날 내 가게를 차릴 것이다.

르 꼬르동 블루에서 사회로

　면접을 통해 유급실습과정으로 잠깐 일하였던 호텔에서 2년을 일하고, 더 좋은 호텔에서 나를 불러 이직을 하였다. 이직한 호텔에서 4년 넘게 일을 했다.

　첫 번째 호텔, 인턴을 해서 그런지 호텔 시스템을 빨리 익혀 일을 하는데 도움이 되었다. 그래도 실수하는 것은 안 고쳐지더라…ㅎㅎ 1년 정도는 막내로 설거지하고 재료 손질만 계속하다가 1년이 조금 지나 내 밑으로 들어오는 막내가 생기고 나도 파티시엘다운 일을 할 수 있었다. 대강 어떤 식으로 하는지 익힐 즈음 나는 일하는 곳보다 조금 더 좋은 곳에서 캐스팅을 받았다. 내가 만든 케이크가 독창적이고 통통 튄다는 것이 캐스팅된 이유였다. 캐스팅한 이유가 맘에 쏙 들어 새 호텔로 이직하였다.

　새 호텔에서는 나의 직급을 2단계 올려 주었다. 덕분에 나는 쉽게 부기능장이 되었다. 감사한 마음에 열심히 일을 했지만 시간이 지나도 기능장으로 승진이 되지 않았다. 아무래도 여자보단 남자가 체력적으로 뛰어나다는 것이다. 그래도 참고 더 많은 노력을 했지만 기능장은 다른 남자로 바뀌고 말았다. 어느 정도 경력을 쌓았고, 이 호텔에서는 아무리 잘해도 기능장을 못할 것 같아 아예 한국으로 돌아왔다. 한국으로 돌아오기 전 미리 한국에 있는 여러 호텔에 이력서를 넣었다. 다들 나의 실력과 스펙을 보고는 자신들의 호텔로 오라고 러브콜이 끊이질 않았다. 가장 가고 싶었던 '호텔 신라'에서도 러브콜이 와 그 호텔로 결정을 하였다. 한국에 도착하고 한 달 정도 쉬고 '호텔 신라'에서 일을 하게 되었다. 그런데 한국의 호텔은 외국과 다르게 자유가 없고 마치 빵을 찍어내는 공장 같았다. 조금 실망스러웠지만 열심히 일을 하여 일한 지 10년이 되는 해에 꿈에 그리던 기능장이 될 수 있었고. 그와 동시에 '호텔 신라' 디저트가 미슐랭 2스타가 되었다.

후
기

　여러 번 고쳐 가며 자서전을 완성하였다. 내가 살아온 삶과 앞으로 그려 나갈 미래를 적는 것인데, 재밌기도 하고 두렵기도 했다. 하지만 막상 글을 적다 보니 내가 이렇게 행복한 삶을 살았구나 싶고 미래에 대해 진지하게 생각할 수 있어서 정말 좋았다. 비록 글재주가 없어 많이 헤맸지만, 열심히 노력하여 책을 완성했다. 다시 읽어보니 안 맞는 문장도 있고 좀 어색하기도 하다. 그래도 나는 이 책을 높게 평가하고 싶다. 이 책은 나만이 쓸 수 있는 책이고 나의 이야기이기 때문이다.

　이 책은 내 또래 학생들이 읽으면 좋겠다. 하지만 사회에 나가 이리 치이고 저리 치이는 사회인들도 이 책을 읽고 자신들의 어렸을 때를 생각해 보면 좋을 거 같다. 어렸을 적 꿈꿔 온 것들을 이루었을까? 이 미래를 예상했을까? 이런 생각을 한번쯤 해보는 것도 재미있을 테니 말이다.

22

利異 "달라서 이로운"

끝나지 않은, 끝나지 않을 유서

WRITING/PHOTO BY. 배준호

배 준 호(裵俊鎬)

아주 작은 고물 라디오가 내게 말했다.
"스티브 잡스가 말하길,
우주에 당신의 흔적을 새겨라."라고.
눈을 감는 순간에서
다시 생각해 보고 싶다.
'나는 과연 우주에 내 흔적을 새겼을까?'

사랑, 위로, 그리고 시

ねえ、不幸とため息をついないで。
(있잖아, 불행하다고 한숨을 쉬지 마.)

日差しやそよ風は偏愛しない。
(햇빛이나 산들바람은 편애하지 않는다.)

夢は平等に見ることができるんだ。
(꿈은 평등하게 볼 수 있는 거야.)

私もつらいことがあったが生きていて良かった。
(나도 괴로운 것이 있었지만 살아 있어서 좋았어.)

あなたも挫折しないで。
(당신도 좌절하지 마.)

항상 멀리서만 봐오던 노래하던 구름에게
내 마음속 빛나는 별에게
남을 배려할 줄 알았던 바보 같은 당신을 위해
당신을 사랑하고 위로하고 싶었기에
이 시를 들려주고 싶었습니다.

#2017.12.18. 별이 된 故 종현에게 들려주고 싶었던 시.

출처: 일본 근-현대 명시선집 - 挫折しないで.(좌절하지 마)

#순수함을 잃은 자의 후회

2078년 12월, 단지 매 순간 순수함을 잃지 않고 살아왔다고 생각했다. 아니, 그랬다고 나 자신을 세뇌하면서 살아가고 있었지. 나는 지금 러시아 블라디보스토크에서 시베리아 횡단열차를 타고 유럽으로 여행을 간다, 마지막으로 내가 경험할 순수함을 찾기 위해. 기차 창밖에는 칠흑 같은 밤의 도화지에 밤눈이 푹푹 내리고 있었고, 작은 배낭에서 70년의 세월을 머금은 어느 아주 오래된 책을 꺼냈다. 이윽고 내가 주문한 에스프레소가 나오며 오래된 책의 묵은 냄새는 기차 안의 나무 향, 에스프레소 향과 어우러지며 잔잔한 3중주를 펼쳤다. 그 3중주를 온 촉각으로 감상하고, 입에 에스프레소를 살짝 머금으며 책장을 천천히 넘긴다.

2년 전, 헌 책방에서 오랜 친구를 다시 만났다. 약 60년 전, 내가 고등학교 시절 내 손으로 직접 쓰고 편집하며 갈고 닦은 나의 첫 '작품'이었다. 오랜만에 본 녀석에게는 묵은 책 향기와 나의 순수했던 손때가 군데군데 묻어났다. 그리고 깊은 눈물이 났다. 순수함을 가지고 있던 내 모습을 잠깐이나마 들여다볼 수 있었으니.

"널 다시 보게 될 줄이야."

달리는 열차에서 책이 아닌 나를 다시 본다. 순수함을 잃어버린 나는 나를 회상한다. 철없던 그때의 배준호는 최대한 빨리 대학생이 되길, 전쟁터 같은 고등학교를 빨리 졸업하길, 미성년자 딱지를 떼고 어른으로 존중받길 하루하루 기다렸다. 하지만 하루하루를 겨우내 다 채우고 나니 생각보다 별거 없더라. 다만 달라진 건 나를 평가하는 기준이 성적표에 싸늘하게 박혀버린 '등급'이라는 숫자에서 '가진 돈'의 숫자로 달라졌다는 점과 용서 받기 위해서는 '책임'을 학교에서 배워왔어야 한다는 것이었다.

-2078년 러시아 모스크바 역을 향해 달리는 기차 안에서.

순수함은 천천히 나를 떠나가려는 듯했다. 언젠지 모를 초등학교 시절, "눈의 결정이 왜 아름다운가?"라는 질문을 받았다. '결정은 결정 그 자체로 아름다운 거 아닌가?' 이렇게 생각했지만, 진짜 답은 "영원하지 않기 때문에 아름다운 것이다."였다.

70대에 죽는다는 이야길 듣고, 내가 쓴 책을 제외하고 영원하지 않을 아끼던 애장품을 독일의 어느 소규모 벼룩시장에 팔았다. 누군가 나의 순수함을 잃어버린 지나간 역사를, 내가 경험할 수 있었던 뼈아픈 교훈을 배우고 자신은 그런 순수함을 잃은 어리석은 행동을 하지 못하도록, 나는 알려주고 싶었다. 단지 그것뿐이다.

-2078년 크리스마스, 독일의 어느 벼룩시장에서.

내가 일을 했던 목적은 나의 행복을 위해 값진 노동을 하는 것이라고 배웠다. 하지만 그것은 순수를 잃지 말라고 귀띔하는 교과서의 가식이더라. 순자가 성악설을 말하는 이유를 알았다. 사람이란 물질을 향한 욕심은 끝이 없고, 같은 실수를 반복하며 물질만능주의에 오염되어 있었고, 내가 가진 순수함을 천천히, 그리고 섬세하게, 점차적으로 평생 갉아먹기 시작했다. 난 어리석은 사람의 만족을 위해 미친 듯이 싸워왔고, 결국 어느 순간 순수함을 잃어버렸다. 저기 피사의 사탑도 자신이 원해서 처음 모양을 잃은 채 저렇게 비스듬히 기울어진 것일까? 언제 붕괴될지 모르는 채로? 하루하루를 불안하게? 그래서 나는 순수함을 잃어버린 대가를 치르기 위해 유럽에 왔고, 피사의 사탑에서 새해를 시작했다.

-2079년, 이탈리아 피사의 사탑에서.

　너도 그렇게 사랑받지 못했던 존재구나. 나도 알아 그 마음. 어릴 적 누군가에게 괴롭힘을 받아 트라우마를 가진 적이 있었어. 그때가 처음으로 순수함을 잃어본 경험이었지. 나는 그때 죽고 싶다는 생각을 많이 했단다. 살아가는 의미가 없었거든. 너도 처음 만들어졌을 때, '프랑스의 흉물'이라는 말을 듣고 많이 슬펐고 괴로웠겠지. 하지만 넌 사랑을 받기 위해 너를 지은 사람이 널 만들었다는 것을 알아야 해. "인내는 쓰나 그 열매는 달다."라는 말이 있잖아. 너는 끝없는 인내 끝에 재평가를 받아 프랑스의 흉물에서 프랑스의 명물이라는 최고의 찬사를 얻어냈고, 나는 자살을 시도하지 않고 너와 대화를 나누고 있잖아.
　그리고 난 네가 참 부러워. 순수함을 고수하여 역사에 이름을 새겼잖아. 보통 사람들은 더 아름다워지려는 욕심 때문에 자연의 섭리에 손을 자주 대거든. 그러다 보니 자연스레 순수했던 자연의 모습은 잃게 되고, 인위적인 사람의 욕심만 남게 되지. 하지만 넌 욕심과 비관에도 굴하지 않고 순수함을 끝까지 지켜왔어. 그리고 넌 역사에 이름 석 자를 당당히 새겼지. 순수함을 잃어버려 내 이름은 영원하지 않는 대신 순수함을 지킨 너의 이름은 천재지변이 일어나도 늘 같은 자리에서 영원히 널 지키며 세계의 사랑을 받을 거야. 너의 순수한 정신을 감사히 배워 갈게.

-2079년, 프랑스 에펠탑에서.

　관심을 주지 않는 사람의 관심을 받기 위해 사랑하는 것은 의미가 없다고 배웠다. 나는 우리 할머니가 한심했다. 간섭 받을 때마다 아니, 관심 받을 때마다 그분의 모든 것이 싫었다. 그럼에도 할머니께서는 날 특히나 더 좋아하고 사랑해 주셨다. 그런데 유럽의 장대한 산맥을 보니 왜 먼 옛날 돌아가신 할머니가 먼저 떠오를까. 알프스 산맥은 바람에 휩쓸리고, 비에 깎이고, 모진 눈보라를 견뎌내며 수천 년 동안 유럽의 지붕 역할을 해줬고, 말로 다할 수 없는 역사를 맞으며 우리 집의 지붕이 되어준 할머니를 나 역시 사랑했는데 철없던 난 왜 증오하고 원망했을까.

-2079년, 유럽의 지붕 알프스 산맥에서.

저는 남들에게 바보 같다는 이야기를 자주 들었어요. 저는 살면서 인간의 가증스러운 탐욕이 너무 싫어서 삶을 사는 동안 착한 '척'을 했거든요. 겉으로만. 그러더니 녀석들은 제가 필요할 때만 늑대처럼 살랑살랑거리며 다가왔고, 제가 필요가 없어지면 토사구팽이라고. 냉정하게 버렸어요. 그냥 바보 취급했죠. 그러다 보니 세상을 향해 내 가치관을 외칠수록 저한테는 손해만 돌아왔고, 저는 미운 놈 떡 하나 더 준다고 억울했지만 모든 것을 떠안고 결국 계단을 내려왔어요. 성 바실리 성당에 계신 예수님도 가증스러운 모든 인간을 구해주기 위해서 십자가에 못 박혔다고 하셨는데, 예수님은 2천년이 지난 후까지 겉으로만 위대하다는 평가를 받으시기 위해 못 박히신 건가요? 아니면 진짜 순수함을 지키기 위해서, 사람을 지키기 위해서, 모든 것을 지키기 위해서 바보처럼 혼자 다 떠맡고 못 박히신 건가요? 저는 알고 싶어요.

-2079년, 러시아 성 바실리 대성당에서

나는 돌아가는 열차에서 순수함을 잃은 죄책감이 아닌 나의 삶에 대해 후회의 눈물을 한 줄기 바쳤다. 그리고 곧 중요한 시기를 앞두고 있을 청춘 배준호에게 어떤 말을 해주고 싶었다.

"과거의 나를 만날 수 있어서 행복했어.
그리고 너도 지금의 날 위해 열심히 성장해 줘."

나의 작은 영웅과의 만남

　감명을 받았다. 은은한 커피 향과 정감 있는, 익숙한 종이 냄새 풀풀 풍기는 안락한 도서관의 벤치에 앉아 숨을 가다듬으며 어느 인간의 작품을 온 몸으로 느끼며 자극을 받았다. 르네상스 시대 과학자들이 예술 작품을 보며 감명을 받고, 자신의 창조정신이 깃든 위대한 발명품을 생각해낸다. 오늘날 널리 사용되어 지는 위대한 발명품도 그런 과정을 통하여 발명되었으리라.

　고성 형의 자서전을 봤다. 항상 모든 시작의 순간은 어느 누구라도 비슷한 법. 단지 첫 순간에는 그냥 호기심으로 펼친 책이었다. 아직 내가 가야 할 길을 찾지 못한 채 방황하던 하루하루를 미래의 불안함으로 살고 있지만, 고성 형은 나완 달랐다. 아픈 과거를 딛고 지금 피눈물 나는 노력을 하여 미래에 자신의 찬란한 인생을 상상하여 발명했다. 이걸 본 나의 눈동자는 맑고 청명했으며 천장을 향해 고개를 들고 과거의 안일했던 날 반성했다. '나는 왜 나를 혹사시켰을까', '나는 왜 내 찬란한 미래를 고성 형처럼 마음껏 상상할 수 없었을까' 나는 그 형의 글을 처음 본 순간을 잊지 못한다. 그리고 이 멋진 작품을 발명해 준 고성 형을 본받으리라 다짐했다. 그날 이후, 우리 학교 안의 영웅이 생겼다. 바로 내 인생의 수작을 발명해낸 고성(가명) 선배.

『안녕하세요. 에디슨, 라이트 형제. 당신들이 어떻게 백열전구를 만들었는지, 비행기의 시조를 만들었는지 저는 모르겠어요. 저는 당신들처럼 저도 저만의 발명품을 구상하는 중입니다. 당신들도 분명 당신들만의 영웅을 만나고, 발명품을 만들어 내기 전까진 저처럼 어느 평범한 인간이었겠죠. 그리고 저는 발명가들에게 묻고 싶어요.
"무엇을 보고 느끼면서 그렇게 멋있는 상상을 하게 된 거죠?"
＃ 에디슨, 라이트 형제에게.』

인연. 참 기묘한 말이다. 좋은 인연을 만나 자신의 삶을 바로잡는 계기가 되는 경우도 있는 반면에, 나쁜 인연을 만나 내가 삐뚤어지는 삶을 살게 될 수도 있기 마련이다.

2018년의 마지막 잎새가 10개 즈음 남았을 무렵, 세상을 향한 자신만의 개성 있는 외침, 다각도로 작품을 볼 줄 아는 나의 작은 영웅, 고성 형을 만나게 되었다. 나는 나의 삐뚤어진 과거, 삐뚤어진 내 모습, 내가 보기에도 엉성한 내 발명품을 다시 바로잡고 싶었다. 그리고 고성 형은 나와 함께 세상의 다양한 미디어를 보는 관점, 나의 작품을 향한 비평에 관한 심연의 깊은 심해와 같은 깊이 있는 이야길 나누었고, 고성 형은 날 위한 조언을 많이 해주셨다. 나의 작은 롤 모델을 만났다. 디딤돌을 만나게 되었다.

간과하고 있었다. 본디 창작이란 어렵고 고통스러운 일이라는 것을. 잘못 알고 있었다. 내가 글을 잘 쓴다는 것을. 어렸을 때부터 부모님의 강압으로 초등학교 6년 동안 컴퓨터 게임 대신 '주니어 플라톤'이라는 과외를 접하며 작품을 수용하고 훈련했었으니까. 하지만 그건 단순 글을 잘 쓰는 논술 훈련에 지나치지 않았다. 훈련의 성과로 얻은 번지르르한 말, 단순히 많기만 한 양의 글, 조금 과한 디자인의 발명품을 발명했다고 내가 받은 최우수상이 난 의미가 없다고 생각한다. 겉만 화려할 뿐, 안은 속 빈 강정이었으니까. 고성 형이 어느 날, 내게 말했다.

"너의 초고를 내가 추린다면 아마 A4 용지 3페이지도 안 나올 거야. 너의 글은 살아 있지 않아. 하지만 초고는 걸레라고 말하잖아. 네 손이 넝마가 되도록 초고에서 깨끗한 물이 나올 때까지 씻어야 해."

디딤돌이 날 위해 날린 부드러운 독설이었다. 난 내가 많이 후회스러웠다. '난 더 잘할 수 있었는데, 왜 그랬을까'라고. 내가 써낸 발명품은 단지 시범작, 시험작, 베타테스터에 불과하였다. 철없던 내 모습이 투영된 작품이었으니까. 난 디딤돌의 독설을 밟고 디뎌서 다음 내가 할 일을 찾았다. 바로 어긋나게 나아가던 나의 베타테스터 발명품을 곧은 느티나무처럼 바로잡아야 할 일이었다.

셀 수 없는 시간이 흐른 뒤, 어느 화창한 여름날, 나는 해방촌으로 가서 내 발명품을 해방촌의 어느 작은 책방에 기부했다. 바로 방송인 노홍철의 '철든 책방'에. 고성 형처럼 독특함을 추구하는 노홍철을 동경하던 나로써 나는 내가 처음으로 발명한 나의 최고이자 최악의 명작을 '혼자'의 미학을 아는 아주 작은 책방에 기부하고 싶었다. 노홍철은 내 발명품을 보고 놀라워했다.

"와우! 열여덟이란 때에 벌써 자서전을 쓰셨군요! 그런데 그냥 자서전도 아니고, '유서'라니, 스물이라는 나이에 벌써 죽음을 생각하기에는 너무 슬픈 거 아닌가요?"

"생명은 누구나 수명을 가지고 있고, 언젠간 죽게 되죠. 전 단지 죽게 되는 순간을 미리 살짝 상상해 본 거예요."

"아 저는 이 부분이 참 맘에 들어요. '순수함을 잃은 자의 후회.' 이걸 보니 제가 예전에 음주운전을 저지른 뒤, 거의 도피하다시피 후회하며 유럽에 여행을 갔었거든요. 저를 숨긴 채로. 이걸 보니 그때의 어리석었던 제 모습이 많이 생각나네요."

"저도 고3이 되기까지 살면서 후회를 많이 했어요. 죽고 싶은 적도 있었고, 알던 사람을 보면 미안하다는 생각밖에 안 들었어요."

"혹시 이런 깊은 작품을 내는 데 큰 도움이 되어준 사람이 있었나요? 저는 설령 그런 사람이 있다 해도 절대 못 할 것 같은데."

"어느 선배의 자서전을 보고 꿈을 꿨어요. '나도 열심히 노력해서 저 사람처럼 내 인생의 명작을 만들리라'라고요. 저는 그 선배를 동경하게 되었고, 만나게 되었고, 그리고 서로가 서로를 위해 조언을 해주고, 잘못된 부분을 바로잡아 주고, 그 선배는 저를 정말 친 동생 대하듯 대해 주셨어요. 그 과정에서 바로잡힌 제 작품이 나왔고, 저는 선배를 저의 작은 영웅이라고 말하고 싶네요."

『고성 형.

　저는 형을 만난 게 참 놀라워요. 저는 형이란 아티스트의 작품을 한 편 보고 자극을 받았어요. 어찌 보면 팬레터일까요.

　저는 형이 한편으로는 "얽매이지 않는다."라고 평가를 하고 싶어요. 형이 글을 판타지적으로, 타인이 느낄 수 있도록 잘 쓰기도 하지만, 평가를 할 수 있는 능력이 뛰어나다 생각해요. 모두가 명작이라고 평가하는 영화를 형 혼자서 망작이라고 혹평을 할 수 있는 능력 말이에요. 타인에게 얽매이지 않고 자신의 관점에서 외칠 수 있는 작은 울부짖음. 형은 세상의 다양한 미디어를 형만의 독특한 비전으로 다각도로 보고 자신이 추구하는 예술을 만들어내는 형만의 아이덴티티가 있어요. 그런 형의 모습이 너무 멋있네요.

　고성 형, 그리고 고마워요. 비뚤어져 가던 초라한 날 다시 일으켜 세우고 바로잡아 주셔서. 저는 가식이 싫었어요. 솔직함을 원했어요. 온실 속의 화초는 항상 칭찬만 받고 남이 주는 것만 먹고 살아서 발전을 할 수 없었어요. 자연을 느낄 수 없었어요. 저는 그동안 온실 속에 살던 어리석은 씨앗이었는데, 형을 만나게 되고, 온실의 창문을 열고 나와 부족한 부분을 채우고 다듬어서 드넓은 초원 위의 한 포기 민들레가 되고 한 송이 꽃을 피울 수 있었어요.

　그래서 저는 형을 저의 작은 영웅이라고 말하고 싶습니다.

나의 작은 영웅, 고성 형에게.』

#공간 위의 마법사와 그의 지팡이

나는 오늘 사직서를 냈어. 현실에 눈 뜬 뒤로 더이상 나를 믿을 자신이 없었기 때문이지. 인간의 욕심을 좇는 본성에 눈을 뜨고 환멸을 느낀 뒤로, 철없던 젊을 적 나와 달리, 더이상 기가 막힌 악상이 떠오르질 않았어. 그동안 인테리어 디자이너라는 계란 껍데기로 만든 보잘것없는 명함을 가지고 나의 행복을 위해 더할 나위 없이 활동해 왔고, 젊었던 시절, 나의 도시적이고 약간은 모험을 추구했던 디자인이라는 마법을 현실에 눈 뜬 순간 천천히 잃어버리다가, 2059년 11월, 버티다 못해 나는 마법 지팡이를 내려놓게 되었단다.

어느 과거, 스페인의 천재 건축 아티스트 안토니오 가우디를 동경함으로써 이야기는 시작되었다고 믿을게. 나는 가우디의 디자인 철학을 특히

나 높게 평가했단다. 형형색색의 유리를 한 줌의 가루로, 뜨겁게 불타오르는 태양의 힘을 빌어 찬란하게 빛나는 공간의 마법, 바로 '모자이크'디자인 기법을 사랑했어. 나는 이 철학을 중학교 3학년 첫 미술시간 무렵, 포트폴리오 표지를 꾸미던 중, L자 파일을 가위로 자른 순간부터 사랑하기 시작했고, 이때부터 본격적으로 무에서 유를 창조할 수 있는 디자인이라는 마법에 관심이 많아지고, 마법사를 꿈꾸기 시작했어.

중학교 3학년 시절, 방 인테리어 디자인하기 과제가 나에게 주어졌어. 이 무렵 내 롤 모델이었던 '제이쓴'의 미디어를 처음 접했네. '제이쓴'은 1인 가구를 추구하는 1020 시대에서 인테리어 디자인을 싸고, 손쉽게. 그리고 모던하면서 세련되게. 가성비 DIY형 인테리어 디자인을 꿈꾼 사람이야. 어떻게 보면 '인테리어 디자인'이란 분야의 장벽을 일반인들도 쉽게 접근할 수 있도록 장벽을 허물었지. 소설 '해리포터'에서 호그와트 마법학교 옆에 싼 마법 전문 학원을 만든 선구자라고 비유하면 네가 이해될까? 어때, 네가 생각해도 참 멋있는 사람이지?

나는 '제이쓴'이 2014년 경 쓴 '제이쓴의 5만 원 자취방 인테리어'라는 책을 읽었어. 일반인들도 따라 할 수 있게끔 종이접기 책처럼 방을 꾸미는 방법을 자신의 경험을 접미해서 쓴 그만이 쓸 수 있었던 마법책인데, 주로 사용된 마법 재료로는 페인트, 나무 원목, 벽돌, 레일을 '제이쓴'은 많이 사용했지.

가장 기억에 남았던 부분은 음산하고 을씨년스러웠던 화장실을 그리스 산토리니에 온 것 같은 깔끔하고 은은하며 세련된 화장실로 재조명한 부분이야. 너는 귀신 나올 것 같은 화장실. 아무리 급해도 별로 가고 싶진 않잖아. 그는 그런 흉측한 공간 위에 그만이 할 수 있는 마법을 펼쳤어. 복잡하지 않고 간단하게. 단순하지만 강렬하게. 도시적이면서도 감각적으로. 그만의 디자인 철학으로 화장실이라는 공간을 재해석했고, 그 결과 화장실은 매우 깔끔한 화이트 톤의 공간으로 재탄생하였고, 나는 이 책을 보고 난 뒤로, 복잡한 공간 대신, 심플하면서 세련된 공간을 선호하게 되었어. 고등학교를 다니는 동안 학교 벽면 페인트 도색 봉사 활동에 동참하기도 했지. 고등학교를 졸업하면, 세월을 먹어 초라해진 내 방 벽지를 모조리 다 떼고, 내 방 벽을 빈티지스러운 베이지색 페인트로 칠하는 철없던 엽기적인 꿈도 꿨단다.

그때의 꿈을 좇는 열정적인 사고를 가진 젊은이의 정신을 영원히 간직할 수 있었으면 얼마나 좋았을까.

알아차리지 못한 게 있었어. 마법사는 영원한 불멸의 존재라고 꿈꿔왔지만 그게 아니었어. 디자인도 하나의 예술 행위였고, 예술가가 어느 행위예술을 시행하거나 아름다움을 추구하는 작품을 완성하게 되면, 호평과 혹평, 꽃과 칼이 동반된다는 것을 그동안 모르고 있었지. 그리고 디자이너를 맹신했던 사람들은, 자신만의 고집이 생겼더라. 날 믿지 않았어. 내가 지천명을 넘기니, "식상하다."는 평이 내게 자주 들렸어. 사람들은 정보의 홍수 속에서 성장하기 시작했고, 마법을 누구나 터득해 버렸어. 내 입지가 사라졌지. 내가 젊었던 시절의 간단명료한 디자인은 과거가 되어 소수의 사람들만이 찾기 시작하며 잃게 되었고, 나의 행복을 위해 달리던 미친 경주마는 결국 지쳤고 얼마 못 가 쓰러진 채 눈을 감았어. 그리고 난 다른 사람들이 박수칠 때 눈을 감고 체념하며 떠나야 함을 자각했어. 마법사의 결말은 항상 비극이지.

마법사의 먼 과거에는 어느 작은 노트북이 있었다. 마법사는 대학 동안 공간 위의 마법사가 되기 위해, 집 밖에서 그가 경험한 모든 내용들은 그의 노트북에 남김없이 때려박았다. 그리고 그 노트북은 그가 만들어 낸 첫 발명품인 자서전을 이은 2번째 발명품이자, 훌륭한 마법사의 지팡이가 되었고, 먼 훗날, 그의 삶의 밑거름이 되어 줄 것이라 젊은 시절의 마법사는 충분히 믿었다.

그가 공간 위의 마법사로 일하게 되기 전 날, 대학 때 동안 사용하던 그의 지팡이가 망가졌다. 녀석이 망가지기 전, 면접 합격이 되었다는 소식을 화면에 띄우던 녀석은 갑자기 화면이 지지직거리더니, 파란 바탕에 흰 글씨로 갑자기 그에게 말을 걸었다.

"축하해. 그리고 수고했어."

녀석은 나에게 가르쳐 주고 싶었을 거다. 뭐든 영원한 것은 없지만, 미래를 위해 젊음을 열심히 살아와준 청춘에게 "고맙다."는 말을 하고 싶었다고. 그리고 꿈을 포기하지 않아서 다행이었다고.

#마지막으로 쓴 유서

  작열하는 뜨거운 태양과의 깊은 교감, 비바람과의 강렬한 하이파이브, 은 눈꽃과의 설레는 사랑을 느낄 수 없는 온실 속의 화초가 나는 불쌍했어. 나도 온실 속의 화초가 될까 봐 너무 두려웠거든. 나는 아이를 보면 아이가 가진 순수함을 잃지 않도록 항상 아름다운 것만 보여주고 싶고, 나쁜 세계와는 거리를 두어주고 싶었어. 그런데 항상 그랬다면 살아가는 게 재미가 있었을까. 그리고 순수함만을 가진 아이는 그런 세계를 견디고 성장할 수 있었을까.

  나는 마지막 여행에서 후회를 했어. 내 순수함을 잃어버린 것에 대해. 하지만 모두 지나간 시간에 대한 미련이었어. 인생은 득실의 반복이었지. 인생을 살아가는 데에는 모험을 할 줄 아는, 잃어버림을 두려워하지 않는 용기가 필요했어. 어리석은 젊었을 때 난 용기가 없어서 순수함을 잃는 것이 너무 두려웠고, 아끼고 아끼다 보니 어느새 순수함은 이미 미련으로 변질되어 썩어 버렸지. 내 인생의 수레바퀴는 미련과 후회의 연속이었고, 내가 남겨야 할 물건들을 독일에 두고 온 이유가 그것 때문이었단다.

"냉장고 안의 음식은 그냥 놔두면 안 된다, 그게 교훈이야."

─만화 '카우보이 비밥'의 주인공 스파이크 스피겔

고마워. 내 벗이 되어준 12명의 친구들에게. 예수가 12사도들을 거느리듯이, 너희가 만약 없었다면 지금의 난 아마 존재하지 않았을지도 몰라. 너희들이 날 위해 해준 시시콜콜한 농담, 우정의 의미를 자각하게 해준 태클, 죽을 듯이 힘든 순간 옆에서 조용히 흘려 준 눈물, 모든 것이 끝난 뒤 홀몸으로 갔던 배낭여행 등 너희들은 내가 아이에서 어른으로 성장하는 길목에 큰 도움이 되 주었기 때문에 여든이 다 되어가는 지금의 난 너희를 기억하고 있지 않을까. 너희를 지금 다시 만나게 된다면 "내 친구가 되어 줘서 고마워." 이 한마디만 해주고 싶어. 그뿐이야.

내가 젊었을 적 본 SF풍 만화 중 '추억은 강한 무기'라는 대사가 기억나네. 사람은 기억을 할 줄 아는 능력을 가지고 있고, 좋았던 기억은 숙성이 되어서 추억이 되어가는 법이야. 그리고 자신과 함께 추억을 나눈 사람은 영원했으면 하는 게 사람의 욕심이지.

만약에 너와 추억을 함께 나눈 사람이 죽으면 너는 어떨 것 같아? 나는 개인적으로 슬픈 면도 있겠지만, 한편으론 행복하게 이별하기 위해 그 사람과의 남은 시간 동안 노력할 것 같아. 왜냐고? 구슬프게 울어봤자 이미 죽은 사람이 다시 살아나는 건 아니잖아, 모든 생명은 수명이라는 게 있고 언젠간 죽게 되어있어. 설령 이 세상이 망한다 해도. 지금 내 유서를 보는 너도 마찬가지지. 나는 이별이란 게 둘 다 서로 웃을 수 있는 추억을 가지고 있고, 서로를 사랑하기 때문에 흘릴 수 있는 약간의 눈물. 이것만 존재한다면 "행복하게 이별했다."라고 말할 수 있다고 생각해.

지금 난 딱 한 가지 후회가 남아있어.

난 행복하게 세상과 이별할 수가 없네.

$$-2081.\ 3.\ 85674.++-/*$$

大切な人といつかまた巡り会えますように…

「소중한 사람과 언젠가 다시 만날 수 있기를…」

출처 : 플라스틱 메모리즈 (プラスティックメモリーズ) (2015)

인생은 짧다. 그래서 아름다웠다.

인생은 오답노트였다.
어느 방랑자는 자신의 결함을 작품으로 승화하여 하늘에 남겼다.

인생은 빈손이었다.
득실은 끝없이 반복되고 결국 남는 건 아무것도 없이 빈손이었다.

인생은 흔적이었다.
나그네의 흔적이 모이고 모여 아름다운 세상은 형성되었으리라.

우주에 흔적을 남기고 싶었던 아이는
'유서'라는 처음이자 마지막, 최고이자 최악의 걸작 한 권으로
찬란하게 빛나는 우주의 도화지에 작은 별을 달았다.

생각이 많고 걱정이 많다.
그래서 발전도 많다.

하기 싫은 건 절대 관심에 두지 않는다.
그렇다고 취향이 확실한 것도 아니다.
새로운 것을 좋아하고 도전을 좋아한다.

그래서 그냥 내 인생을 살고 있다.

노력

나에게 노력은 날 완성시키는 단 하나뿐인
증명이자 가치이다. 노력은 완벽을 만든다.
어떤 완벽을 하느냐에 따라 오랜 시간이 걸리더라도
꼭 끝이 보여 답을 얻게 되어 있다.
생생하게 느끼지 못하더라도 세월이 흘러서 몸으로
그리고 노력하기 전의 생각과 비교해 보면
확 달라진 내가 되었을 때
그 짜릿함은 나를 더 노력하게 만든다.
결국 사람은 죽을 때까지 노력할 수밖에 없다.
.나의 꿈을 위해 조금 더
달리는 그것이 나에겐 내 일생이다.

운명적일

　초등학교 때 나는 내가 살고 있는 아파트 단지에 위치해 있는 복지관 안에, 공부방 같은 작은 프로그램을 배우러 다녔다. 수업을 하도록 만들어진 공간은 지하였고, 지하로 내려가면 작은 도서관과 오전반 오후반 나눠서 활동하는 두 개의 반이 있었다. 복지관에는 노인정뿐만 아니라 강의가 진행되는 강의실도 여럿 있었다. 전시나 강의 행사가 자주 열리는 큰 대강당도 지하에 있었다. 가끔 가다 이 강당에서 할머니 할아버지들께서 치매 예방을 하신다며 춤도 추시는 것 같았다.

　오늘도 나는 학교를 마치고 친구와 밖에서 놀다가 평소처럼 공부방을 제시간에 맞춰 가지 않았다. 끝나기 30분 전에 도착해 교실 문을 여는 우리의 손은 익숙하면서도 항상 긴장하고 있다. 조심스럽게 문을 열자 기분 나쁘지 않은 새 책 냄새가 풍겼고, 칠판 옆, 자리에 앉아계신 선생님과 눈이 마주치자 우리는 억지 미소를 지으며 쭈뼛쭈뼛 함께 들어갔다. 선생님은 익숙하다는 듯 아님 매일 늦게 오는 우리를 어쩔 수 없다는 듯 살짝 혼내려는 듯 눈을 우리를 째려보셨지만 힘을 준 입과 함께 곧 미소로 바뀌었다.

　수업은 끝이 난 듯 친구들은 탁자에 앉아서 그림을 그리거나, 노래를 틀어서 듣거나, 휴대폰 게임을 하거나, 바둑을 두거나, 또 몇몇 친구들은 작은 도서관에서 책을 읽거나 했다. 나랑 친구는 선생님 눈치를 조금씩 보며 노래를 튼 친구 옆으로 살금살금 다가가서 수다를 떨었다.

　"야, 이 노래 진짜 좋아."

　"이 부분 나 따라할 수 있음."

　"하하! 진짜 얘 목소리 너무 좋은 거 같아."

　"얘들아 이제 가자."

　그렇게 약속된 시간의 끝을 알리는 선생님의 목소리가 들리자 마자 친구와 나는 바로 문을 열고 튀어 나갔다. 나가자마자 마주친 옆반 언니 두 명이랑 인사를 했다.

"언니! 안녕!"

언니들은 기분좋은 웃음으로 인사를 받아주며 우리에게 안부를 묻고 바로 갈 길을 가는 거 같았다. 나는 신발을 고쳐 신으며 갈 채비를 했지만 내 친구는 언니들과 조금 더 친해서 여러 얘기를 했다. 내가 옆에서 힐끔힐끔 보면서 휴대폰을 만지고 있자 얘기가 끝난 거처럼 보이던 내 친구는 나를 바쁘게 불렀다.

"왜?"

"언니들 강당에서 춤춘대, 우리도 가자."

한 번도 들어가 보지 못했지만, 공부방을 같이 다니던 선배가 항상 들어가서 춤을 춘다는 사실을 알고, 친구랑 같이 강당에 들어가 보았다.

"와…."

나는 들어가자마자 놀랐고, 짜릿했고, 소름이 돋았다. 한쪽 벽면에는 온통 거울로 뒤덮여 있었고, 약간은 붉은 조명이 켜져 있었다. 특유의 지하 그 냄새마저 나를 기분 좋게 했다. 휴대폰으로 노래를 크게 틀었을 뿐인데 지하라서 웅장하게 울리는 음악 소리에 평소 TV, 인터넷을 많이 보던 나는 간간이 생각나는 춤을 이상하게 몸을 움직여 추었다. 거울을 보고 춤을 추니까 내가 아는 저 노래에 맞는 춤을 추고 싶다는 생각이 들었다. 집에 가자마자 컴퓨터를 켜 안무를 막 외웠다. 다음 날부터 가기 싫었던 공부방을 학교 마치자마자 달려가 대강당 문을 열고 외워왔던 안무를 노래를 틀어서 연습을 했다.

"여기는 이렇게, 손을 뻗고…."

같이 대강당 거울의 존재를 알게 된 친구와 동선을 맞춰 연습해 보거나 춤을 공유하고,

"난, 이 곡 좋더라! 다음엔 이거 어때?"

"나도 이거 추고 싶었어!"

열심히 나의 꿈을 키우기 시작했다.

오랫동안 춤을 춰오자 공부방 선생님들 귀에도 들어간 모양이다. 공부방 수업 시간보다 1시간 일찍 와서 대강당 열쇠를 찾아대니 아실 수밖에.

선생님 한 분이 나와 친구 언니 두 명과 춤을 추며 놀고 있는 강당으로 들어오셔서 지켜보셨다. 그러고는 말씀하셨다.

"다음 달에 공부방 옆 농구장에서 작은 축제가 열리는데 무대 한번 서 볼래?"

우리는 그 말을 들으며 신이 나서 방방 뛰었고, 설레는 마음으로 눈을 반짝이며 당연히 그러겠다고 했다. 지금도 기억난다. 그때 정한 곡은 시크릿의 '별빛달빛' 지금 생각하면 진짜 귀여운 곡이라 다시는 못할 곡이지만, 정말 열심히 준비하고 연습했다. 선생님께서 단체옷도 사주셔서 더 실감이 났다.

당일이 되자 공부방 위 준비실에서 춤을 추기 위해 꾸몄다. 머리를 묶어 고데기도 하고, 화장도 했다. 화장을 받고, 머리를 만져주시고, 춤추기 전에 하는 준비가 내게는 너무 좋았고 설렜다. 지금도 그때를 생각하면 정말 가슴이 뛴다.

무대는 작은 농구장이었지만 노인정 할머니 할아버지들과 또래 친구들 아파트 주민분들까지 50명 정도 관객이 모였다. 내가 뛰어놀던 농구장에 우리가 한 달 동안 열심히 연습했던 노래가 흘러나오자 나는 소름이 돋았다. 학교 장기자랑 외에 밖에서 춤을 추는 건 처음이라 너무 부끄러웠지만 정말 기분 좋게 췄다. 그땐 정말 즐겁고 행복하게 내가 제일 잘난 사람처럼 춤을 추었다. 그곳은 화려한 무대까지는 아니었지만 나를 완성시키는 자리였다.

정식으로

　5월부터 다니던 학원에서는 매년 발표회를 했다. 나는 10번째 열리는 발표회에 처음으로 참여하게 되었고, 내가 수업을 듣고 있는 얼반과 걸스. 두 무대에 참여할 수 있게 되었다.

　공연이 있기 약 두 달 전부터 모든 수업은 중지되고 발표회 준비에 맞춰서 진행했다. 옷이나 음악, 안무 등을 준비하는 동안 나는 그냥 따라갈 뿐인데 정신이 없었다. 공연을 구성하고 진행하시는 선생님들이나 나보다 더 많은 무대를 준비하는 학생들은 얼마나 더 고생할지 가늠이 안 됐다. 게다가 눈치를 많이 보는 스타일이라 나에게도 스트레스를 주었다. 뭐만 하면 '나 때문에?' '내가 여기서 더 이렇게 해야 하나?'라는 생각 때문에 춤에 집중하지 않고 다른 사람 기분을 먼저 헤아리고 있었다. 학원을 다니고 적응하기까지 1년이 넘게 걸렸다. 발표회 준비는 또 처음이라 어떻게 해야 나한테 더 발전이 되고, 무대 완성도를 높힐 수 있는지는 전혀 생각하지 못하고, 시키는 대로 하라는 대로만 움직이는 인형이었다.

　개인 연습을 시작도 하지 못하고 반복되는 단체 연습으로 시간은 빨리도 지나갔다. 순식간에 발표회 당일이 왔다. 난 두 개의 무대만 준비하면 되기 때문에 오히려 대기 시간이 지루하기도 했다. 기다린 끝에 리허설을 해도 아무 생각이 나지 않았다. 떨려서 그런 건지, 아무 감정이 없던 것인지. 전자이길 바라본다.

　발표회 시작을 알리는 사회자의 목소리를 들으며 내 차례를 기다리니 한 순서 한 순서가 금방 지나갔다. 바로 다음 무대가 끝이 나면 암전이 되면서 얼반 클래스가 무대로 나가게 된다. 두 달 동안 열심히 꾸민 무대를 발표하는 시작을 잔잔한 조명 하나와 음악이 함께 시작되면서 우리의 무대는 흘러갔다.

발표회가 끝난 지금 생각해 보면 너무 아쉽기만 하다. 춤에 대한 애정이 없는 건 전혀 아닌데 이것이 경험과 지식의 차이인가? 하는 생각이 들기도 한다. 발표회라는 무대를 그냥 무대로 생각했다. 소중한 무대이고 기회인데 가볍게 여긴 탓인 것 같다. 물론 망친 것은 아니다. 노래가 나오고 무대 위에 있는 나는 누구보다 즐거웠고 행복했다. 그냥 다만 아쉬운 것이다. 모두가 만족하는 무대를 만들게 된다면 거기서 오는 행복은 세상에서 제일 큰 행복일 것이라고 생각해 본다.

첫 집안싸움

 학원에서 매년 배틀이 열린다. 올해도 배틀을 한다는 공지를 보았지만 '나에겐 해당 안 되는 거야'라며 그냥 넘겼다. 화요일 얼반 수업을 시작하기 전에 로비 옆에서 연습을 하려고 이어폰을 연결하고 있었는데, 학원 언니가 종이 한 장을 들고 다니시다가 나와 눈이 마주쳤다. 갑자기 나에게 다가오시면서 배틀을 나가는 게 어떻겠냐고 하셨다. 당황한 나는
 "안 돼요. 아직 많이 부족해서, 못 나가요."
라고 칼같이 거절했지만, 언니는
 "나가면서 느는 거지, 이름이 뭐야?"
 "이보경… 이요."
 이름이 적혔다. 언니가 지나가고 나는 정말 그 자리에서 그대로 멘탈이 나갔다. 그러고는 엄청 불안했다. 배틀이라 함은 DJ가 틀어주는 음악에 프리스타일로 춤을 추면 심사를 보는 댄서 분들이 점수를 매기는 형식으로 진행된다. 그 점수에 따라 본선에 올라가고 또 올라가는 것이다. 학원을 다닌 지 1년이 다 되어갔지만, 프리스타일 연습은 한 번도 한 적이 없었기에 정말 막막하고, 불안했다.

 이왕 물이 엎어진 거, 나의 춤 발전을 위해 도전해 보자!
 그까짓 거!

 일주일 정도 남은 시간 동안 학교, 학원 집에서 프리 연습만 주구장창했다. 국내외 배틀 영상을 계속 보면서 눈을 틔어보고, 노래에 몸을 자유롭게 움직여 보았지만 말을 안 듣는 내 몸뚱아리에 손을 떨며 학원 언니에게 카톡을 보냈다.
 '저번에 이름 적힌 보경이라고 하는데요…! 배틀 정말 자신 없어서 못

할 거 같아요'

'음 보경아! 자신감이 춤출 때 제일 중요한 거라고 생각하는데, 니가 못 춘다고 해서 아무도 너한테 뭐라 안 하고, 오히려 응원을 더 해줄 거야! 한 번 더 생각해 봐.'

'...'

언니가 보내준 글을 보자마자 용기를 얻고 마음을 굳게 굳혔다. 다시 나간다고 문자를 보내고, 다시 마음을 잡고 연습했다. 얼마 안 남은 시간에 불안에 떠는 건 마찬가지였지만, 계속 혼자서 영상을 보고 레퍼토리를 만들기까지 하면서 연습을 했다.

일주일 안 남았던 시간은 정말 빠르게 지나갔고, 마침내 당일이 왔다. 비는 추적추적 내렸고, 날씨까지 정말 딱 가기 싫은 날이었다. 마음을 먹어도 자신이 없는 건 사실이었기 때문에, 늦게 빈둥거리며 준비하고 학원으로 갔다. 도착하자마자 바로 몸 다치지 않게 몸을 구석구석 풀고 프리를 계속 연습했다.

배틀은 춤 경력 3년 이하와 이상으로 나누어서 예선을 진행했고, 본선은 3년 이하 한 명과 이상 한 명이 팀을 이루어 2:2 배틀로 했다. 나는 C조 6번이었고, 힙합으로 참가를 했다. 예선을 하기 전에는 방식이나 룰을 몰랐는데 A조 시작하는 것을 보고서야 방법을 알았다. 일렬로 심사위원 네 분 앞에 서서 이름이 불리면 한 발짝 나와서 춤을 추면 된다.

"자, 이보경!"

"...!"

"5, 4, 3, 2, 1"

망했다. 이상한 무브만 엄청 나왔다. 첫 배틀이고 난 프리스타일을 연습하던 사람이 아니었기에 그렇게 자책하지는 않았다. 자책하지는 않았지만 내가 실전에 나가서 춘 무브를 보고, 많은 것을 느꼈다.

나의 전공은 쉽게 말하면 내 스타일로 안무를 짜는 것이었다. 그래서 프리는 나에게 속하지 않는다고 생각했지만, 내가 잘못 생각했던 것 같다. 춤을 추는 사람인데 그냥 춤추는 걸 못한다면 이상할 것 같다. 내 전공에 대해서, 내가 가진 생각을 반성하고 새롭게 계획할 수 있는 좋은 발판이 되었다. 처음 나가야겠다고 마음을 먹은 그때부터 나는 대단한 사람이었다. 다음에도 나가서 이번처럼 후회하지 않을 그런 프리를 성공해내고 싶다.

새로운

점점 춤에 대해 공부하고 지식이 쌓이면서 이제 다른 나라의 댄서와 춤 스타일에 대해 공부를 하기 시작했다. 그중에서 'kinjaz'라는 일본의 댄스팀에 빠지게 되었다.

어떻게 저렇게 춤을 출 수가 있지, 어떻게 저런 식으로 안무를 만들 수 있을까 하며 그들을 동경하는 마음으로 영상을 매일 챙겨보며 많은 영감을 얻었다.

나는 금방 흥미에 빠져드는 스타일이다. 항상 공부할 때도 언어를 좋아했다. 초등학교 때는 영어, 중학교 때는 일본어. 나는 댄서라는 직업을 꿈꾸고 있지만 한국에서만 활동하고 싶지는 않다. 정말 열심히 달리고 달려서 갈 수 있는 끝까지 가보고 싶다. 그러기 위해서 언어 공부도 필요하다고 생각을 했다. 춤이 더 중요하지만, 춤을 제외한 다른 부분을 꼽자면 언어라고 생각했다. 그때부터였는지 일본어에 관심이 생겼다.

'춤 말고는 나한테 아무것도 없어'
라고 생각했던 나였기에 지금도 생각해 보면 너무 신기하다. 집에서 자리를 펴 제대로 공부하진 않았지만, 학원 가기 전이나 학교 자습 시간에 틈틈이 공부했다.

마침내 찬 바람이 불기 시작한 12월, 10개월 동안 공부한 일본어 실력을 확인할 JLPT N4 자격증 시험이 코앞에 다가왔다. 자격증이 다가 아니지만 내 실력을 확인해보고 싶었던 탓에 시험을 치르게 되었다. 자격증 시험은 아주 어릴 때 말고는 처음이라 정말 떨며 시험장에 들어가서 문제를 풀었다. 밖이랑은 사뭇 다른 포근한 공기에 노근노근해져 다행히 긴장은 풀렸지만 감은 좋지 않았다. 하지만 그 순간도 너무 색다르고 재밌었다. 청해 시험을 끝으로 잘 마무리하였지만 결과는 아무도 모른다.

한 달 정도 뒤에 나오는 시험 결과를 잊고 살았는데 문자가 띠링 날아왔다. 나는 그제서야 손을 부들부들 떨며 휴대폰을 확인하였다.
"헐, 헐!"
만점에 가까운 점수로 N4에 붙었다. 다른 것에 빠지고 열중하고 꿈을 꾸는 일이 없을 것 같았는데 생애 첫 자격증이었다. 내가 공부를 해서 무언가를 얻을 것이란 건 정말 상상하지도 못했고, 의지도 흥미도 없었다. 춤에 미쳤었고, 춤 때문에 항상 힘들어했고, 춤 말고 다른 일을 한다는 것을 상상만 해도 괴로웠던 나였는데 2학년 마지막에 일이 벌어졌다.

이 시험을 시작으로 나는 한 번밖에 없는 인생을 행복하고 즐겁게 살아야겠다는 생각을 하게 되었다. 내가 하고 싶은 것은 바로 실행에 옮기며 걱정 없이 여러 일을 할 것이라고 마음먹고, 더 높은 일본어 시험들과 다른 목표들을 준비했다.

25살, 워킹홀리데이

고등학교 때부터 원했던 일본 워킹홀리데이를 가게 되었다. 대학교를 졸업하고 바로 1분기에 지원을 했는데 한 번에 붙었다. 사실 조금 걱정했다. 나이 제한이 있는 터라 대학교를 휴학하고 갈 생각이었는데, 정말 다행히도 갈 수 있게 되었다. 워킹홀리데이 대행사나 학원 같은 곳에 다니지 않고, 주변에도 다녀온 사람들이 없어서 혼자 인터넷을 보면서 뭘 해야 하고 준비해야 하는지 일본을 가기 전 한 달 조금 넘게 준비를 열심히 했다.

일본에 집을 구하고, 집에 있는 많은 옷들을 가장 큰 호수의 박스로 5통은 보낸 것 같다. 대학교 생활을 하면서 열심히 저축한 통장을 깰 여유가 있을 정도의 돈으로 환전도 마쳤다.

나의 워킹홀리데이 장소는 일본의 수도인 도쿄였다. 사실 교토와 도쿄를 많이 고민했다. 한 번밖에 없을 워킹홀리데이를 하면서 나의 본진인 춤을 조금 내려놓고 힐링할까… 생각했지만 나의 큰 목표 중 하나는 일본에 있는 댄스학원을 다니는 것이었기에 '이왕 일본에 온 거 놓치지 말고 즐기면서 춤을 배우자'라는 생각으로 도쿄를 선택하게 되었다.

출국 당일 비행기는 여전히 무섭고, 짐은 29kg 꽉 채워서 가져가는 바람에 아침부터 체한 것 같다. 속은 더부룩하고 기분은 좋지 않았다. 비행기는 2시간이 안 되어 도착을 했고, 나는 큰 짐 때문에 공항에서 바로 택시를 탔다. 도쿄 중심에선 조금 멀었던 것 같다. 택시로 30분 거리였으니, 일본에서 택시 30분… 다시는 안 탈 것 같다. 돈이 엄청 깨졌다.

1년 동안 묵을 집은 조용한 동네였다. 한국에서 집을 구할 때 게스트하우스를 쓸지 단독 집을 쓸지 고민을 했는데, 집에서 춤도 추고, 음악도 크게 틀 거라 피해가 가지 않게 단독으로 묵을 수 있는 곳을 골랐다. 조금은 외롭겠지만, 외로운 건 이제 익숙해서 버틸 수 있을 것 같았다.

도착한 날은 하루 종일 집에서 짐을 풀고, 택배를 기다리고, 동네를 걸어 다녔다. 슈퍼나 편의점을 찾는다고 좀 방황하기도 했지만 몇 분 안 걸어가서 편의점이 있는 것을 보고 당장 먹을 것과 내일 아침 먹을 것도 같이 사서 왔다. 나름 정리된 집에 들어와서 노트북을 켜 블로그를 꼬박 2시간 동안 만들었다. 혼자 있을 테니 외로울 것이다. 앞에는 익숙하다고 괜찮다고 했으나, 그렇지 않은 척이다. 일본에서 친구를 잘 사귈 수 있을까 걱정이니 랜선 친구라도, 혼자 얘기할 수 있는 메모장의 공간이라도 만들고 싶어서 예쁘게 블로그를 꾸미고 글을 써 나갔다.

그렇게 해서 나의 워킹홀리데이는 D+1. 정말 내가 일본에 왔다. 여행이 아니라 1년이지만 정말 살아보려고 왔다. 대학 졸업까지 얽매였던 과제에, 나름대로의 슬럼프에 많이 지쳤던 것 같다. 아직 시간은 많으니 이번 주는 휴가처럼 즐기다가 다음 주부터 일자리도 알아보고 학원도 가고 자리를 잡아서 생활해야겠다. 비행기에 올라타기 전 긴장되고 우울했던 기분은 어디로 가버렸고, 잠자리에 눕자 심장이 튀어나올 듯 두근거리고 설레었다.

나의 세상

벌써 20대 후반, 29살이다. 똑같은 일상을 살아가고 있다. 학교나 회사처럼은 아니지만, 하루 종일 영화관에서 영화를 보고, 그 다음 날에는 동네 한적한 카페를 찾아가 티켓을 잘라 붙여 감상평을 적는 것은 11년째 변하지 않은 취미 생활이다. 또 적금을 넣는 것도 취미가 되었다. 왜 넣겠느냐. 쓰려고 모아두는 거지. 그렇게 적금 기간이 다 차면 사부작 노트북을 켜서 여행할 곳, 그래도 조금 쫄리는지 저가에 못 가본 곳을 찾아서 스케줄을 피해 날을 잡는다. 수업으로 가득 차서 시간을 내는 것이 매우 어렵지만 휴일이 끼어 있다면 그나마 편히 갔다 올 수 있다. 그렇게 해서 가본 나라가 벌써 열 손가락을 다 채웠다. 돈을 많이 벌어도 어렸을 때 용돈 받는 기분이다.

하나 달라진 것이 있다면, 학원 4곳 정도에서 정규 수업을 하고 'Choreography By Bogyeong'으로 내 안무의 영상이 올라온다는 것. 아직 멀었지만, 조금은 나 스스로 안무가가 된 것 같다. 신인 아이돌 안무도 여러 번 제안을 받아 참여도 하였고, 국내 지방에 워크숍도 몇 번 다녀왔다. 개인 SNS로 팬이라고 찾아오는 사람들도 있었다. 어렸을 적 내가 평범하게 현실적으로 꿈꿔온 나의 미래였다.

누구나 그럴 수도 있지만, 나는 내 안무에 100% 자신이 없다. 항상 부족해 보이고, 모자라 보인다. 그래서 관심이 아직은 나에게 믿기지 않는 모양이다. 그래서 난 항상 발전한다. 문제점을 파악하고 고치고 새로운 것을 만들고, 아 맞다. 난 새롭게 만드는 것을 좋아하지만 나에게 제일 어려운 일인 것 같다. 이제는 익숙해질 때도 됐는데… 춤을 계속 추라는 하늘의 목소리인 것 같다.

29살. 춤을 언제까지 출 수 있을까?

29살이면 '이제 춤 좀 추네'라는 소리를 들을 나이이다. 29살까지 춤추면 남들이 '이제 그만 둘 때 아니야?'라고 말하겠지만, 우리는 29살이 제일 전성기이다.

어렸을 땐 의욕이 넘치긴 했나 보다. 죽을 때까지 출 거라고 생각을 했으니,

근데
그냥 그러면 되는 것 아닌가.
내가 하고픈 대로, 힘이 닿는 대로.
하기 싫으면 멈추면 되는 것이다.

죽을 때까지 출 수 있다. 내 안무를 사랑해주시고, 사랑하는 사람들과 춤추고. 사랑받는 것이 이렇게 기쁜지 몰랐다. 더 열심히 내 춤에 나만의 스타일을 녹여서 조금 더 나를 알릴 수 있는 안무가가 되고 싶다는 큰 목표를 다시 되새김질해 본다.
끝까지 춤춘다. 나는.

후기

"난 뭘 해야 할지 모르겠어. 이것도 저것도 다 하고 싶은데, 어떡하지?"

"그냥 하면 돼. 네가 하고 싶은 건데, 어쩌겠어."

"그래도 남들은 이게 더 나한테 잘 어울린대."

"그게 너의 생각은 아니잖아."

"맞아. 근데 하고 싶은 걸 다 하면 평범한 사람들은 이상하게 생각할 거야."

"중요하지 않아. 네가 하고 싶은 걸 하면 돼.
인생은 한 번뿐이잖아, 그렇지?"

Viva la vida
:인생이여, 만세

김성윤 作

김 성 윤

낮과 밤이 섞여 몽롱한 초저녁
창을 뚫고 들어오는 달빛
낮게 깔리는 빗소리
타닥타닥 소리 내며 피어오르는 향초
따뜻한 이불을 사랑하는 예술가

이루고 다스릴 그날을 위하여,
꿈꾸는 그날을 위하여

배려

배려, 도와주거나 보살펴 주기 위해

마음을 쓰는 것

"지는 것이 이기는 것"

나는 이 말의 비밀이 배려에 있다고 생각한다.

타인을 위해 내가 조금 불편해진다면

그 불편함은 잠깐이지만 그 잠깐의 불편함으로

난 한 사람의 마음을 얻는 것이다,

나의 편안함보다 한 사람의 마음을 얻는 것이

더욱 중요하다고 여기는 나에게는 배려가

나의 인생의 등대가 되어 주는 가치이다.

비몽사몽

2001년 6월 28일 해가 뜰 무렵, 뜨겁다 못해 따가운 대구의 여름 날씨보다 더 뜨거운 울음소리와 함께 내가 태어났다. 나는 무엇이든 이름처럼 완벽으로 이루고 다스리지 않으면 안 됐다. 설령 그것이 아무리 달콤한 과자라 할지라도 모서리가 부서지면 먹지 않았다. 강박에 가까운 나의 성정은 색연필을 쥘 때 극대화되어 만족할 때까지 어린 손은 그리고, 또 그렸다. 어느새 세상을 그려나가는 것이 내게 기쁨이 되었을 때 나는 말했다.

"엄마, 저는 커서 화가가 될 거예요."

소리도 잠든 이른 새벽, 손 부업을 하고 있던 엄마 옆에서 토끼 인형을 따라 그리며 엄마에게 한 말이다.

"그래."

절대적인 신뢰에서 나온 엄마의 짧고 확실한 답이었다. 그때부터 난 화가가 되기로 했다. 커피 향이 가득 찬 작은 화방에서 창문으로 쏟아지는 햇빛을 맞으며 그림을 그리는, 힘이 들면 물감이 잔뜩 묻은 손을 털고 잠시 눈을 붙이는 화가.

무지갯빛 물감을 개어놓듯 반짝이던 꿈
너무도 포근하고 따뜻한 나의 꿈이었다.
꿈이 너무 좋아서 깨어나기 싫었다.

'그런데 나는 왜 자꾸 까마득한 어둠 속을 헤매는 걸까'

내가 꾼 꿈은 마치 끊어지기 직전까지 늘어난 고무줄을 잡는 것과 같았다. 놓아버리면 편할 것을 미련하게 붙잡고 있었다. 언젠가 탄성을 가지고 돌아올 꿈을 그리며. 그렇다고 힘을 잃고 늘어진 고무줄이 원상태로 돌아오는 것도 아닌데, 멀어져 버린 꿈이 돌아오는 것도 아닌데, 힘이 들어간 손은 꿈을 놓을 생각이 없었다.

그림을 그리겠다고 엄마 호주머니에서 나오는 돈을 받아들고 화방으로 달려가 전문가용 물감을 샀다. 철없던 어릴 적에는 아무렇지 않게 샀던 물감이 비싸다고 느껴지기 시작하더니 나중에는 천팔백 원짜리 파란색 물감을 사며 엄마에게 미안함을 느끼기 시작했다.

항상 채워져 있던 진로희망란이 공백이 된 것은 열네 살이 되던 해였다. 내가 잡고 있던 고무줄이 툭, 하고 끊어져 버린 열네 살, 나는 더이상 화가라는 꿈을 꾸지 않게 되었다. 그 당시 나와 비슷한 또래의 아이들에게 꿈이란 가혹한 것일 때가 있었다. 막연한 것, 불투명한 것, 화가란 내게 채색되지 않은 '꿈'일 뿐이었다. 그 꿈이 사라져버리고 난 뒤 내게는 장래희망을 쓰는 것도, 누군가의 질문을 받는 것도 어려운 일이 되고 말았다.

"요즘은 무슨 그림 그려?"

질문 뒤에 이어지는 침묵, 나는 그 어떤 대답도 할 수 없었다. 나의 침묵은 창피함이었다. 내가 침묵했던 이유는 꿈을 포기한 것이 창피했기 때문이다. 불안하고 초조했던 나는 하루빨리 꿈을 찾고 싶었다. 아무 장래희망이라도 적을 수 있기를, 어떤 관심사라도 말할 수 있기를 바랐지만, 그것은 그저 바람일 뿐이었다. 살을 에는 겨울바람이 불기 전까지 나의 미래는 한 치 앞도 보이지 않는 공백뿐이었다.

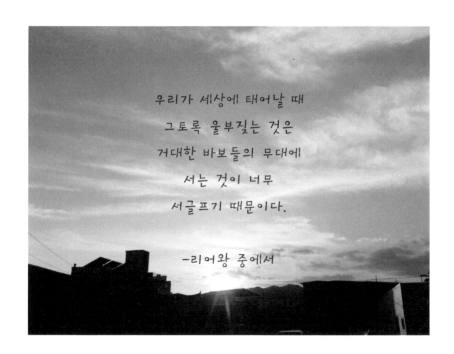

우리가 세상에 태어날 때
그토록 울부짖는 것은
거대한 바보들의 무대에
서는 것이 너무
서글프기 때문이다.

-리어왕 중에서

향내

"같이 뮤지컬부 들어갈래?"

그해 겨울, 꿈의 공백은 친구가 건넨 한마디에 우연히 채워졌다. 물론 처음에는 숙기가 없는 나에게 뮤지컬 공연을 한다는 것이 무척이나 곤욕이었다. 낯선 공간이 주는 무거운 기류, 처음 경험해 보는 일에 대한 두려움, 누군가와 함께해야 한다는 어려움. 그 모든 것들이 나를 힘들고 지루하게 만들었다. 더구나 내가 사백 명이 보는 가운데서 공연을 한다니. 꿈이라면 깨어나길 바랐다. 그렇게 비몽사몽으로 끝난 나의 첫 공연. 서툴렀지만 강렬했던 그날의 기억. 공연이 끝나고 쏟아지는 조명 아래에서 관객들 앞에 섰을 때 느껴지는 전율, 고생한 친구들과 함께 흘렸던 뜨거운 눈물. 처음 느껴보는 기분이었다. 단순히 성취감이 아니었다. 그것을 넘어선 말로 표현할 수 없는 기분이었다. 지루함에 지나지 않았던 뮤지컬이 그 순간 내게 즐거움으로 다가왔다.

"미나리를 싫어하는 사람들이 있고 미나리를 좋아하는 사람들도 있는데 좋아하는 사람은 미나리의 향을 알아서 좋아하고 싫어하는 사람은 미나리의 향을 몰라서 싫어하는 거예요."

언젠가 들었던 문학의 매력에 대한 문학 선생님의 비유. 열네 살, 그때의 나는 뮤지컬의 향을 알게 된 것이 아닐까.

—

어두운 밤이면 항상 향초를 찾는다. 심지에 불을 붙이면 타닥타닥 소리를 내며 순식간에 환한 빛으로 주변을 채운다. 흔들리는 작고 약한 불이 홀로 어둠을 물리치는 것이, 자신만의 향기로 방안을 가득 채우는 것이 멋있다고 생각했었다. 나도 향초처럼 살고 싶었다. 보잘것없어 보이는 나지만 뮤지컬을 하며 세상의 색안경에 맞서 싸우고 싶었다. 그게 나의 세상이니까. 나의 향기로, 우리의 뮤지컬로 세상을 가득 채우고 싶었다. 그래서 연출가에 이끌렸다. 내 세상을 무대 위에 펼쳐내고 싶었다.

뮤지컬에 깊이 빠져버린 나는 용돈이 생길 때마다 극장을 향했다. 그중에서도 뇌리에 깊숙이 스며든 것은 열여섯 살의 여름, 상하이에서 보았던 거대한 뮤지컬이다. 광활한 중국의 땅만큼이나 거대했던 무대에 압도당하여 넋을 잃고 공연을 봤다. 배우들이 커튼콜을 할 때는 느껴지는 뭉클함에 숨 쉬는 방법도 잠시 까먹었던 것 같다. 배우들이 무슨 말을 하고 있는지 알 수 없었지만, 공연장에 흐르는 넘버들과 분위기만으로도 극의 내용을 이해하기에는 충분했다. 집에 돌아오는 길에 다짐했다. 나도 국경, 언어, 민족을 뛰어넘어 모든 사람에게 감동을 주는 공연을 만들겠다고, 전 세계를 아우르는 연출가가 되겠다고.

연출가가 되기 위해서는 뮤지컬을 많이 보는 것만으로는 부족하다고 생각했다. 그래서 시작한 것이 청소년극단. 그저 직접 연출을 하며 경험을 쌓고 싶다는 생각으로 들어간 그곳에서 나는 나의 가치관까지 바꾸어 버리는 경험을 했다.

열여덟 살이 되던 해 햄릿이라는 작품을 아홉 달 동안 준비하며 나는 잔뜩 예민해져 있었다. 금이 간 유리처럼 누군가 건드리면 순식간에 무너져버릴 듯 예민해진 나는 강박에 시달리며 공연을 완벽히 내 뜻대로 만들기 위해 주변 사람을 힘들게 했었다. 그렇게 공연이 끝나고 나의 잘못된 연출 때문에 힘들어했던 친구들을 보며 나의 연출 방법에 대해 깊은 고민에 빠졌었다. 그러던 중 책을 한 권 읽었는데 하나의 인간으로 인화력을 갖추고 다른 예술가들로부터 자신의 예술에 대한 존경을 받을 수 있어야 훌륭한 연출가라더라. 그때 읽은 책에서 나는 가장 중요한 것을 한 가지 배우게 되었다. 연극이 연출가 혼자서 만들어내는 예술이 아니라 작품을 두고 고민하는 모든 이가 함께 만들어내는 연극이란 것을.

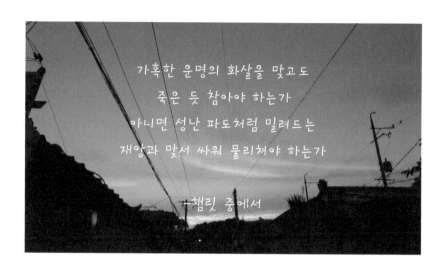

가혹한 운명의 화살을 맞고도
죽은 듯 참아야 하는가
아니면 성난 파도처럼 밀려드는
재앙과 맞서 싸워 물리쳐야 하는가

—햄릿 중에서

성장통

　하고 싶은 것은 해야 하는 나였기에 돌아오지 않을 열아홉을 바쳐 꿈에 그리던 대학에 입학했다. 갓 스물이 된 나는 아름다운 미래를 상상하며 마냥 행복했지만, 그것은 상상에 지나지 않았다. 현실에서의 나는 우물 안의 개구리, 그 자체였다. 연출가 부모님 밑에서 자라 이미 대학생 수준의 연출 지식을 가지고 있는 사람, 세계 4대 뮤지컬을 본고장에서 직접 관람한 사람, 셰익스피어의 작품을 통해 인간의 궁극적인 목표를 고뇌하는 어떤 이도 있었다. 나는 그저 행복한 세상이 오기를 바라며 뮤지컬을 꿈꿨을 뿐이었는데, 뮤지컬을 위해 나보다 한 발짝, 아니, 그것보다 더 멀리 가 있는 친구들을 보며 마음 한 켠에서 알 수 없는 불안감을 느끼며 한 학기를 보냈다.

　방학을 맞아 대구로 내려온 나는 친구들에게 뒤처지지 않기 위해 고전과 전공 책에 파묻혀 살았다. 그렇게 아등바등 보낸 방학의 끝에 받아든 등록금 고지서. 엄마에게 말씀드리기 죄송스러운 금액이었다. 스무 살, 그때의 난 아직 천팔백 원 때문에 그림을 포기했던 열네 살의 꼬마와 다를 바가 없었다.

"엄마, 저, 학교 그만 다닐까 봐요….."
"왜?"
"그냥 생각보다 재미없기도 하고 힘들어서요."

그때 엄마가 내 손에 구겨진 등록금 고지서를 본 것일까.

"성윤아, 아무 걱정하지 말고 그냥 네가 하고 싶은 거 해라."

그때부터였다. 남들에게 지지 않기 위해, 최고가 되기 위해 노력했던 내가 이 삶을 살아가며 받은 배려를 나누기 위해, 주변 환경에 얽매이지 않고 행복해지기 위해 뮤지컬을 연출하기 시작한 때가.

—

순이, 가장 아름다운 여인에 대한 이야기. 나의, 나와 함께한 모두의 공연이었다. 학생이 아닌 연출가로서 올린 첫 공연이라서, 한평생 나를 지지해 주었던 엄마의 이야기이기에 내게 더욱 중요하게 여겨졌다. 그렇게 막이 오르고 내 일생에 다신 돌아오지 않을 순간이 시작되었다.

손 부업을 하던 한 여인이 울고 있는 어린아이에게 색연필을 쥐어준다. 울음을 그치고 그림을 그리던 아이는 중학생이 되어 색연필을 던지고 어둠 속을 헤매다 여인의 손을 잡고 어둠을 헤쳐 나온다. 아이는 어느새 어른이 되어 여인을 떠나고 여인은 밤새 연극 대본을 들여다보고 있는 그를 바라본다. 미안한 듯, 자랑스러운 듯, 가장 따뜻한 미소를 지으며 그를 바라본다. 뒤돌아보지 않고 앞만 보았던 그가 지쳐 뒤를 바라보았을 때 그 여인이, 순이가 그곳에 서 있다.

공연이 끝나고 객석을 바라봤을 때, 마주친 엄마의 표정을 잊을 수 없다. 내 앞에서 한 번도 눈물을 보이시지 않았던 엄마가 눈물을 훔치고 계셨다. 엄마의 눈물은 지난 이십 년 가까이 쉼 없이 뮤지컬을 향해 달렸던 나에게 보상과도 같았다.

다만 내가 할 수 있는 것은 뛰는 것뿐.
아침 햇살이 막 퍼지기 시작하는 세상 속으로
나는 달려 나갔다.

－나는 죽지 않겠다 중에서

결실

"제10회 한국뮤지컬 어워즈 창작부문 연출상_김성윤"

이것은 지난 세월을 쉼 없이 달린 내가 받은 보상이자, 내가 헛되이 살지 않았음을 증명하는 결실이다. 어릴 적 아무것도 모르고 마음속에 심었던 씨앗이 어느새 자라 열매를 맺은 것이다. 아직도 수상자에 내 이름이 불릴 때의 벅차오름을 잊지 못한다.

—

나의 첫 공연도 벌써 수십 년이나 지난 이야기가 되어버렸다. 그때 이후로 눈에 띄게 변한 것은 없다. 계속되는 회의, 이젠 집보다 익숙해진 연습실과 공연장. 변한 것이 있다면 내 공연을 본 관객들이 조금 더 행복해지고 있다는 것. 그리고 그 행복해진 관객의 수가 날이 갈수록 늘어나고 있다는 것이다. 그렇게 이 땅에도 내가 바랐던 세상이 펼쳐지고 있었다.

나는 이제 내 꿈을 향해 한 발짝 더 다가서려고 한다. 천팔백 원 때문에 꿈을 포기했던 열네 살의 나와 같은 아이들을 위한 재단을 설립하려 한다. 어려운 환경에서 내가 꿈꿀 수 있게 도와주었던 사람들의 따스한 손길을 나도 나누어주기 위해.

"난 가끔 꿈을 꿔."

"꿈 안 꾸는 사람이 어딨냐?"

"아니, 그런 꿈 말고. 상상하는 거 말야."

-'라면은 멋있다' 중에서

다섯

결승선

　여러분은 지금 행복하세요? 행복하지 않다면 그 이유는 무엇일까요? 제가 스무 살일 때 큰 절망에 빠졌던 적이 있어요. 대학교에 입학하기 전에는 내가 최고인 줄 알았는데 대학교에 가니까 나보다 잘난 사람이 너무 많은 거예요. 그래서 내가 아무것도 아닌 것 같이 느껴졌었는데 제가 조금만 생각을 바꾸니까 행복해지더라고요. 나는 나라서 행복해. 성공한 나, 유명한 나, 돈 많이 버는 내가 아닌 그저 나라서 가치 있다고 생각하니 주변 사람들이 어떻든 내가 어떻든 신경쓰지 않게 되었어요. 그러다 보니 내가 진짜 좋아하는 게 뭔지 나만이 할 수 있는 것이 무엇인지 생각하는 시간도 가질 수 있었어요. 덕분에 제가 지금 이 자리에 설 수 있게 되었죠.

　제가 이 재단을 설립한 이유는 여러분들을 돕기 위해서예요. 여러분들이 저희 재단을 통해 꿈을 키워 나갈 수 있길 바라며, 다른 걱정 없이 진짜 나만의 행복을 찾을 수 있기를 바라며 이 재단을 설립했습니다. 여러분들에게 바라는 한 가지가 있어요.

　여러분들이 이 삶을 살아가며 한 문장을 되뇌어주세요.

　"나는 나이기 때문에 이 세상에서 가장 귀한 존재야."라고요.

2065년 1월. 김성윤 장학재단 설립식

연설문 발췌

나의 마지막 날에 빛날 글

숨 막히게 나를 감싸던 봄 공기, 시원하고 깊게 울려 퍼지던 여름날의 소나기, 발걸음을 끌어당기던 고엽들, 마냥 춥지만은 않던 따뜻한 겨울날도 이제는 느낄 수 없다는 것이 마음을 저릿하게 만듭니다.

평생에 목표가 있었습니다. 낮아지기. 겁도 없이 정상을 향해 달려가는 세상 가운데서 역행을 하였습니다. 낮은 곳에서 더욱 낮은 곳을 향하며 저는 성공한 제가 아닌 저 자신을 있는 그대로 사랑하게 되었습니다. 그래서 행복한 삶을 살았습니다.

그러니 후회 없는 삶을 산 저를 위해 눈물을 흘리지 말아 주세요. 상처투성이인 세상을 위해 눈물을 흘려주세요. 저는 더이상 아무것도 할 수 없지만 제가 남긴 작품들이 사람들을 따뜻하게 감싸줄 수 있게 기도해주세요. 모두가 낮아지며 같은 눈높이에서 서로를 바라볼 수 있는 날이 와 제가 천국에서 기뻐할 그날을 기다릴게요.

『내가 진실로 진실로 너희에게 이르노니 한 알의 밀이 땅에 떨어져 죽지 아니하면 한 알 그대로 있고 죽으면 많은 열매를 맺느니라. 요한복음 12장 24절』

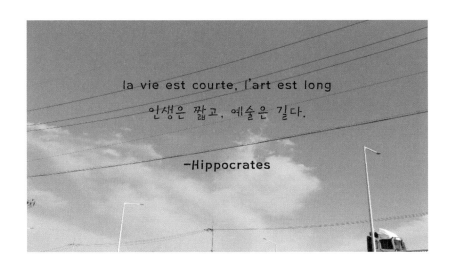

la vie est courte, l'art est long

인생은 짧고, 예술은 길다.

-Hippocrates

후기

노아가 하나님의 계시로 만들었다는 방주,
나의 자서전은 그 방주와도 같다.

자서전을 쓰기 시작했을 때 나는 어떤 이야기들을 담아야 하나 고민을
하였다. 누군가 내게 듣고 싶은 이야기들은 어떤 것일까. 내가 말하고
싶은 이야기는 어떤 것일까.

고민 끝에 다다른 결말은 희망이 아닌 절망에 빠진 나를 구해줄 방주
였다. 세상을 구했던 방주처럼 나를 절망 속에서 구해낼 방주가 필요했
기 때문일까. 지금도 나는 때때로 절망을 느낄 때가 있고, 그럴 때마다
내가 살아온 날들을 돌아보며 버텨나갔다. 그래서 자서전을, 나의 방주
를 남긴다.

초고를 쓸 때 나를 꾸며냈지만, 퇴고를 하며 솔직함만 남겨두었다. 이
자서전을 쓰며 꾸며진 내가 아닌 진짜 나의 모습을 비추어 볼 수 있었기
에 감히 누군가에게 나의 진짜 모습이 힘이 될 수 있기를 바란다.

이 배는 내가 항해해 온 길이며 내가 앞으로 나아가야 할 곳을 향해서
곧게 나아갈 것이다. 그렇기에 어떤 이에게는 이 길이 낯설지도 모른다.
하지만 내가 지나온 길과 나아가야 할 길이 누군가에는 방주가 되었으면
한다.

33

像想 "창작하는 사람들"

나의 삶엔 어딘가 모난 구석이 있다

다시 만날 약속, 김하늘

김 하 늘

나는 가장 뜨거웠던 순간을 잊지 않기 위해 이 글을 쓰고 있어요.

누군가를 사랑하고,

무언가를 꿈꾸는 찰나,

열여덟에서 그리고 동문고등학교에서, 김하늘

도전

새로운 시도를 갈구하고 하나의 목표에 직접 부딪히며
도전하는 사람만이 기회를 잡을 수 있다고 생각한다.
가만히 앉아서 하고 싶은 것을 이루겠다는
터무니없는 소리를 하는 사람은 없을 것이다.
그렇기에 태어날 때부터 이미
도전의 연속인 길을 걷고 있는 우리는
꿈을 꾸는 과정에서도 여러 차례의 도전을 마주하게 된다.
그럴 때마다 도망치지 않고, 도전하자.

"여러분이 할 수 있는 가장 큰 모험은 바
로 여러분이 꿈꿔오던 삶을 사는 것입니다."
– 오프라 윈프리

슬퍼?

세 번의 경기는 내가 살아 있음을 증명하는 삼 년 동안의 결실. 그러나 세 개의 병든 감정은 가슴 깊이 곪아 있었다. 분노, 억울함, 좌절. 세가지의 꿈 중 하나가 중심을 잃고 까만 심연으로 추락했다. 터진 입술 새로 찔끔, 피가 흐른다.

피 한 방울이 바닥으로 떨어질 때 내 노력과 입지와 열정이 바닥을 쳤다. 병원 이불보를 붙들고 일주일은 밤낮으로 울음을 토해 냈고 굳은 다리는 정신을 혹사시키면서까지 고통을 호소했다. 아파. 너무 아파. 필드 위의 내 표정이 어땠더라. 내가 실컷 마음 쏟고 숨을 쏟고 열정을 뱉었으면 당신은 내게 이러지 말았어야지. 바랜 우산을 쓰고 걸어가는 내게 우산을 건네지는 못해도 외면하진 말았어야지. 나는 처음 맞는 소나기를 피하는 법을 몰라 가만히 서 있었을 텐데.

아스라이 지는 달을 보며 그런 생각을 한 적 있다. 달의 수명은 어느 정도일까. 저 달이 질 때쯤이면 별이 낙하하는 순간이 올까. 혹시 심연으로 낙하하게 된다면 숨이 멎을까. 아주 만약에, 그런 게 희생이고 성장이라면 난 어른이 되고 싶지 않다. 차라리 내가 죽는 꿈을 꾸게 해 달라고. 꿈에서 깨면 당신을 원망하진 않겠다고.

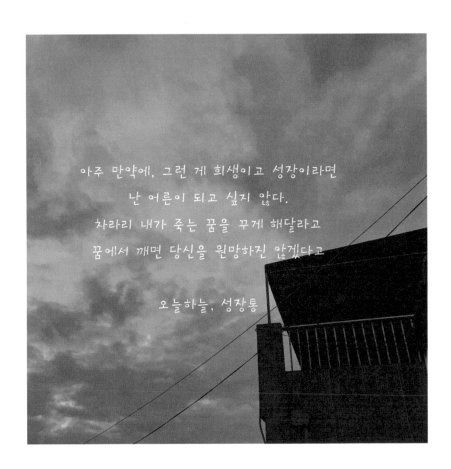

아주 만약에, 그런 게 희생이고 성장이라면
난 어른이 되고 싶지 않다.
차라리 내가 죽는 꿈을 꾸게 해달라고
꿈에서 깨면 당신을 원망하진 않겠다고

오늘하늘, 성장통

빛나는 장래 아래

더 갈망할 필요 없었다. 거피 향에 묻혀 살고 싶었으나 현실적이지 않았다 생각한다. 가끔 카페 앞을 커피 향이 점거하고 있는 경우엔 모래를 쥐면 부서지는 것과 같은 원리였다. 아무리 설명해도 가능하지 않는 게 있다는 걸 알았다.

티 없이 맑은 소원이었다. 평생 커피를 내리고 싶다고. 하지만 티가 나면 금방 썩어 버릴 소원이기도 했다. 나는 가끔 무너졌으며, 가끔 애원했고, 가끔 나를 속여 다른 길을 걷기도 했다.

핑 도는 세계를 기울이면서도 침묵했다. 하고 싶은 것과 해야 하는 건 달랐다. 이럴 수는 없다 생각했다. 그러면서도 이럴 수밖에 없었다.

크지 않은 꿈을 키웠지만 더 큰 꿈에 먹혔다. 펜촉을 잃은 작가는 살아가는 법을 알까. 잃은 걸까, 버린 걸까. 그 펜촉은 길을 그리는 용도일까, 안정된 삶을 쓰는 용도일까. 작가를 꿈꾸고 있다. 아니, 바리스타를 꿈꿨다.

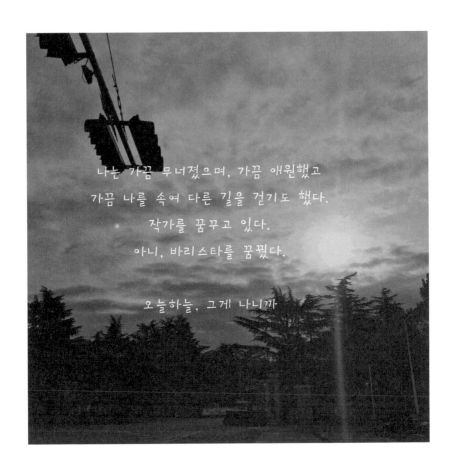

나는 가끔 무너졌으며, 가끔 애원했고
가끔 나를 속여 다른 길을 걷기도 했다.
작가를 꿈꾸고 있다.
아니, 바리스타를 꿈꿨다.

오늘하늘, 그게 나니까

나의 삶엔
어딘가 모난 구석이 있다

나의 삶엔 어딘가 모난 구석이 있다.

내가 살아생전 단 두 번 무릎으로 기어 다닐 때, 말을 할 수 없을 때, 말고 차 소음만 들리면 경기를 해서 달걀 포장지를 두 겹 세 겹으로 붙여야 했을 때. 그래, 나는 내 인생을 굳이 샛노란 모란에 비교하며 모났다고 타박했다.

허여멀건 얼굴로 모났느냐, 모난 죽음으로 보이느냐, 모난 울음으로 들리느냐, 되풀이하는 모난 입가로 꽃잎이 떨어진다. 기다리던 약속이 왔다.

물에 적신 모란 한 뭉텅이가 심장을 대신하여 가슴에 자라 올랐다. 징 그렇게 풍기는 악취가 아닌 달콤한 향이 아름다운 것의 모양을 하고 피어오르는 일을 사랑이라 부르며 생채기 하나 나지 않은 뽀얀 몸에 퍼런 멍이 들 때까지 나의 부모는. 사랑하는 사람들 반열에 오른 이들은. 비에 씻겨 내릴 향수는. 기억으로 남을 모든 순간들에 대하여 나의 삶은.

모난 존재가 돌려보낸 약속이다.

그리하여 나, 내가 없는 나의 삶을 기만했다. 다른 사람이 누리는 부귀영화를 더 사랑해. 굴곡진 인생에 붙어 있던 모란 군락이 불쌍해 보여서 사랑해. 폭풍우가 수렴하는 회색 바다 앞

세월에 찍힌 백색 뼈를 안고 그러데이션을 이루는 찰나를 사랑해. 우울을 소비하는 일의 선두가 된 것을 축하해. 다음 생에도 지금과 같은 모습으로. 내 부모님 딸로. 바라건대 제발, 이런 무자비한 우울 속에서 살게 하지는 마.

일륜의 샛노란 모란 향이 배를 가득 채우며 마지막으로 흐른 피를 짓무르게 하는 이 다정한 목숨에서 거품을 무는 수순을 무시하고 사치를 부렸던 어린 청춘에 대하여,

나는 무엇을
내가 어떻게
감히 사랑을

애도하는 말을 뱉지. 선택 가능한 삶을 운명의 테두리 밖으로 끌고 나가는 사람이 완벽했다면, 사람들은 답을 아는 물음을, 시사에 문외한인 나조차도 실체 없는 꿈에 취한 사람 취급을 하고 내 사랑을 좀먹는 그를 나무랄 수 없는 이유를 단지 끊긴 다정한 호흡에서 찾지 않았을 것.

죽음에 가장 모난 부분이 피어나는 모란 향에 기대어 사는 나는 이 죽음을 모난 죽음이라며 입에 넣고 한참을 굴린다. 그래, 내가 나의, 내 나태가 결국, 내 삶의 모난 구석이었구나.

해적방송

울림, 고요함, 그리고, 빈, 하지만, 찬, 나의, 오랜 꿈.

말해 주고 싶은 게 있어. 나도 너도 딱히 잘못한 것이 없어. 너는 사랑받고 싶은 열여덟이고, 나는 사랑하고 싶은 스물여섯일 뿐 너와 나의 사이에 거리는 괴리를 만들지 않아. 겨우 스물여섯에 실패는 경험이지, 너와 나의 거리를 억지로 자르고 붙여 완성한 모조품 혹은 거짓부렁이 아닐 테니까, 너는 무너지지 마.

라디오로부터 흘러나오는 해적방송을 들은 적 있다. 덜컥 겁이 났으나 기계 너머 선장도 적잖이 두려움에 전 목소리로 더듬더듬 부스럭부스럭 자신이 준비해 온 말을 이어갔다. 주로 오늘 꿨던 꿈에 취해 있는 듯했다. '말도 안 돼요. 목숨 바쳐 사랑했던 사람이에요. 바깥의 날씨조차 나를 도와주지 않는데, 꿈은 무엇이든 이루어 주나 봐요. 꿈을 꿔야겠어요. 오늘 미뤄 왔던 잠을 자려고요. 사실 저, 불면증 환자랍니다.' 두서없는 이야기였으나 남자는 꿈을 꾸겠다고 말하고 싶었던 것 같다. 이름 없는 송신자 치고는 꽤 반듯한 순애보를 엮은 사랑이었다.

꿈을 꿨다. 희미한 기억을 간신히 붙잡고 있었는데 이유를 알 수는 없었다. 그냥, 좋아하는 보라색 바탕의 책상에 앉아 있었던 내 뒷모습이 부러워서. 거기 앉아 뭘 하고 있니. 너는 지금 행복하니 물었던 것이 연병의 일부였다 말할 수 있다고 착각했으니까.

이런 모순된 세상에서 살기를 포기하려 한 적도 있으나 사소한 것을 사랑하기 시작한 순간부터 눈을 바로 뜨기 시작했다. 원고를 썼다. 나의 첫 원고는 사랑하는 것들에 대한 이야기다. 가족 드라마였다. 첫 입봉은 내 정서를 가득 담은 이야기를 하고 싶었으니까.

나를 들여보내 주세요, 평생 꿈꿔 왔던 그 세계로.

너를 보내며

단지 순간에 충실히 살아 왔어. 네 손에 내 손을 포개어 어리고 여린 너를 여기까지 데려왔다고 말하면 네가 믿을까. 너는 나보다 먼저였고 뜨거웠으며 작지만 포악했기에 가끔 너는 너를 굴려 운명을 정했고, 불구덩이로 뛰어드는 불나방이나 비 오는 날 맨발로 흙을 밟아야 하는 아이처럼 기우는 장래를 가득 채워 살면 괴리를 느끼지는 않는다 말했지. 가리고 덮고 돌리면 멀쩡한 게 나였는데, 너 이번엔 나를 죽였더라.

죽는다는 이야기를 듣고 시를 대거 읽었어. 시인과의 결혼이라는 지독한 외로움을 삼키고 그의 미친 직업병까지 사랑하겠다는 너는 괘념하지 않고, 나를 죽이고, 네 봄을 죽이고. 너 시인이 시만 쓰는 사람인 줄 아니. 행복할 줄 알았니. 무슨 입신양명이라도 꿈꾼 거니. 그래서 아류에 삼류도 못 됐니. 아직도 그 시인의 시를 베껴 쓰니. 불면에 시달렸지만 보통의 사람들보다 사랑을 사랑했다며.

청색이라면 무엇이든 다 버렸다. 네가 그리울까 봐. 과거를 꿈꾸며 현재를 살아갈까 봐. 웃기지, 너는 꿈이 없어 미래를 걱정했는데. 앞이 두려워 뒤로 주춤대던 것 따위로 너와 같다고 위로하고 있어.

더 빨리 내게 오지 그랬어. 너를 인식한 순간 이미 너를 보낼 준비를 하고 있다는 사실이 나를 이토록 무너지게 하는데. 남들보다 덜 투덜대고, 덜 주저앉고, 덜 실패하며 한 번은 감당하지 못할 사랑도 받아 보며 평소보다 빠른 걸음으로 내게 와 주지 그랬어.

간헐적 사랑이 사인이라면 사인이야. 평생 사랑해도 낫지 않는 고질병 같은 첫사랑은 내내 조금의 진심을 빼돌려 그를 사랑하는 데 썼으니까. 네가 빼돌린 사랑은 너의 과거에 깊게 잠식해 추억을 갉아 먹으며 살았다고. 그래서 네가 죽는 거라고. 아무도 말해 주지 않은 게 이 죽음을 후회하는 이유라면 이유야.

　사랑하지 않는 사람들의 사랑을 받으려 사랑하면 안 된다고 했지. 그러면서도 유독 엄마를 사랑했더라. 나처럼 유서를 쓴 엄마를. 다 끝난 마당에 모종을 심고, 물을 주고, 텁텁한 감정을 쓸었어. 엄마도 이런 마음이었을까.

　어쩌지. 나, 죽고 싶지 않다.

　마흔하나에서

나는 오늘 꿈을 꾼다

사랑받았던 기억이 있다. 어릴 적 외할아버지가 계셨다. 외할아버지를 뵈러 갈 때마다 나를 딸기밭에 데려가 주셨는데, 지금 와서 생각해봐도 그 딸기를 따라잡을 딸기는 없을 것 같다. 할아버지는 말씀하셨다. "하늘아, 크고 좋은 것만 따 먹어야 한다." 어린 마음에 작고 파란 게 군데군데 묻어 있는 건 익지 않았고, 더 익혀서 따려는 줄 알았다.

할아버지가 돌아가시고서야 알았다. 손녀에게 좋은 것만 먹이고 싶으셨구나, 느꼈다. 사랑받았다. 그 당시에는 세상 누구보다 예쁜 아이였을 테다. 그래서 딸기를 평생 좋아하기로 했다. 이런 방식으로나마 할아버지께 사랑을 갚아야 한다고 생각했다. 아니, 이런 방식으로라도 사랑받았던 기억을 붙잡아야만 했다. 그래야 사랑을 할 수 있을 테니까.

나는 꿈을 가진 사람이다. 첫 해외여행을 기점으로 태국어를 배우기라는 꿈을 꾸고 있고, 나의 첫 집에 커피 머신을 들여 손님이 오는 날엔 바리스타로 변신하기, 통일이 되면 북한에 올라가 살기, 세계 일주를 하며 각 나라의 카페에서 아르바이트하기, 살면서 한 번은 책 출판하기, 정말 사랑하는 사람을 만나 결혼해서 둘만의 세상에 살아 보기 외에도 많은 꿈을 꿔 왔다. 꿈이란 가지고 싶을 때 가지고 가끔은 버릴 줄도 알아야 한다고 생각한다. 그러니까, 내 삶을 움직이는 불가항력이 아니라는 소리다. 내가 원하는, 내가 되고 싶은, 내가 하고 싶은 것을 동경하거나 이루게끔 도전하는 게 꿈이라고 생각한다.

힘든 일은 내게 양해를 구하지 않은 채 나의 삶 깊숙이 밀려든다. 그것도 한번에. 준비를 할 시간도, 견딤의 시간에 있어 필요한 것조차 주지 않는다. 그게 내가 겪은 좌절이다.

나는 많은 일을 겪었다. 어른들은 열여덟의 나이에 많아 봐야 자신의 인생에 미치기야 하겠느냐 묻겠지만, 그런 사람들 보란 듯 자주 아파야 했고, 절망해야 했고, 바닥을 치는 자존감을 지켜볼 수밖에 없었던 나의 열여덟은, 짧지만 굵었으니까. 분명 내가 선택한 것들이지만 책임의 무게는 생각보다 버거웠다.

그렇기 때문에 시간의 소중함을 안다. 절대 되돌릴 수 없는, 그래서 매번 후회하지만 동시에 모든 것들을 견디도록 옆에서 말없이 어깨를 내미는 유일한 존재. 그렇게 존재하는 나라는 사람.

내 도전과 좌절 그리고 다른 도전을 이 책에 담으려 한다. 당장은 어두운 기억들이지만, 시간이 지나면 반드시 찬란해질 테니까. 이 그림자들을 통해 난 비로소 빛이 날 테니까.

살아야 할 이유라는 건 처음부터 정해지지 않는다고
하루에도 수십 번씩 모든 것을 고민했다.
낙담하고 사랑했다 포기하겠지만
네 탄생에는 아무런 이유도 없었음을 아냐고

오늘하루, 그러니 행복하길

터빈 돌리던 손을 멈춘다. 동력이 없다. 탄생해도 보잘 것 없다는 것
을 각인한다. 네가 그런 존재다. 그래서 던져진 거다. 동력 없는, 돌아
갈 수 없는, 톱니바퀴마저 멈추게 해 버린다는 그런 운 없는 돌멩이로.

키가 커지면 돌멩이는 제 몸을 원망한다. 억지로 굴곡을 낸 게 아닐
텐데 모난 순간을 매번 벼랑으로 이끈다. 이미 함몰한 종이배에 올라탄
다. 그래서 돌멩이는 돌멩이인 거다.

석양이 질 때 함몰한 종이배 선상의 모래알이 빛나면 표면이 벗겨진
돌멩이는 더이상 자신을 해치지 않는다. 그리고 조용히 깨닫는다. 살아
야 할 이유라는 건 처음부터 정해지지 않는다고. 하루에도 수십 번씩 모
든 것을 고민했다 낙담하고 사랑했다 포기하겠지만 네 탄생에는 아무런
이유도 없었음을 아냐고.

마치는 글에 제가 썼던 짧은 글을 함께 첨부해요. 저는 글을 쓰는 사
람입니다. 우울을 달고 사는 사람이기도 하고요. 저 글처럼 돌멩이에 불
과할 뿐이죠. 아주 우울하고 쉽게 공감해 줄 수 없는 돌멩이요. 하지만
저는 이런 삶도 사랑할 수 있게 되었습니다. 억지로 가면을 쓰고 웃는
제 얼굴이 아닌 있는 그대로의 모습을 사랑하는 것. 그게 아니면 당신도
지금 서 있는 자리에서 벗어나지는 못할 겁니다.

이것이 제 자서전에 우울이 범람하는 이유입니다. 동시에 사랑이 스며
든 결과이기도 하고요. 감히 초대한 제 삶에 들어와 주신 것만으로도 저
는 만족합니다.

당신다운 삶을 사시길 바라며, 모난 구석이 있는 삶마저도 당신의 것
일 테니, 가끔은 사랑스럽게 여겨 주시길, 하늘이었습니다.

DRAMA
TIST

WRITE & PHOTO BY 김동희

성 김, 동녘 동, 왕비 희
동쪽의 왕비가 되어라

철없던 아이는 어렵게 꿈을 가졌고
어느새 꿈을 이루고 있었다.

거센 바람에 꽃잎이 흩날리지 않도록
아이는 작은 손으로 꽃을 소중히 감싼다.

불안정했던 과거를 후회하며
불안한 현재를 한탄하고
불명확한 미래를 걱정하는 아이,

그 아이가 지금은
황금빛 열쇠를 손에 쥐고 있다.

경청

사람은 혼자서 살아가기에는
외롭고, 쓸쓸하고, 어려운 존재라고 생각한다.
만약 내가 나의 주장만 세우고
상대의 주장을 무시하며 멸시한다면
더 이상 사람은 서로 눈을 맞추며 소통할 수 없다.
경청하는 것은 그리 어려운 일이 아니다.
경청은
가장 쉬운 방법으로 상대를 존중할 수 있고
가장 올바른 방법으로 상대를 이해할 수 있다.
—

네 말을 들을 때 비로소 내가 된다.
그리고
우리가 된다.

그린나래

; 그린 듯이 어여쁜 날개

"예술은 누구의 마음에서도 생긴다."

-프랑스 속담

이끌렸다.

"어디 가는 거야, 엄마?"

"연극 보러."

마음이 아닌, 누군가의 손에 이끌렸다.

그러나 왜인지, 그건 기분 좋은 이끌림이었다.

내가 처음 본 연극의 이름은 '시간을 파는 상점'이었다. 연극에 대해 전혀 몰랐던 내겐 마치 누군가와 첫 소개팅을 하는 것처럼 어색했다.

공연 시작 전, 한껏 들뜬 관객들의 목소리가 하나 둘 내 귀를 간지럽혔다. 동시에, 나는 관객들의 표정을 관찰하고 있었다. 자연스레 나오는 미소를 지은 줄 전혀 알아차리지 못한 채 말이다. 완전히 조명이 꺼지고 암전이 되었을 때 내 머릿속에 남는 건 배우들의 작은 실수, 연기력, 혹은 무대 표현력이 아니었다.

오로지 단 하나, 대사만이 끊임없이 떠올랐다. 대사 한 마디에 관객들이 공감하고 함께 하나가 됨을 느꼈을 때의 기분은 어떤 표현으로도 다 채우지 못했다. 이유 모를 설렘이 마음 깊은 곳 어디선가 피어올랐다.

그렇게 나는 연극과 극작을 사랑하게 되었다.

열 하고도 일곱에, 나는 감히 예술에 뛰어들었다.

"삶 전체를 24시간으로 본다면 우린 지금 몇 시쯤 와 있는 걸까?"

– 연극 [시간을 파는 상점] 중

바람꽃

; 큰 바람이 일어나려고 할 때 먼 산에서 구름같이 끼는 뽀얀 기운

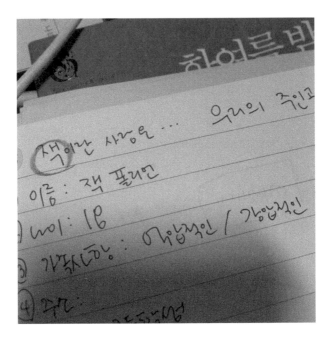

"문장은 호흡하듯이 써야 하리라."

작가는 끊임없이 자기 자신과 싸운다.

자신의 글과 싸우고 자신의 감정과 충돌한다.

나 또한 수없이 스스로와 싸웠다. 격해진 감정을 참지 못해 눈물을 쏟아본 적도 있다.

나는 작가라는 꿈을 포기하지 않았다. 오히려 멀어지려고 할 때 죽도록 뛰어가서 절실하게 붙잡았고, 온전히 나에게 있을 때에는 최선을 다해 작품을 완성하려고 했다.

어렵고 복잡한 마음이 뒤섞였을 때 무작정 노트를 펴고 펜을 들었다. 휘몰아치는 감정을 일부러 억누르지 않았다. 그 감정 그대로, 전부 살리려고 노력했다.

나는 그 무엇도 아닌, 글과 문장과 문체에게서 위로를 받았다. 쓰러져도 다시 일어나 펜을 들고 써내려갔다.

언제든지
나는 글을 썼다.

그러나 갈수록 모든 게 무섭고 두려웠다. 아침이 오지 않을 것만 같은 새벽 3시를 반복해 걷고 있었다. 나는 글을 쓰는 법을 전혀 몰랐다. 게다가 소설책을 읽는 재미를 크게 느끼지 못했다. 억지로라도, 꾸역꾸역 읽으려고 애썼지만 마음이 가지 않는 일을 하는 것은 어려운 일이었다.

"세상엔 너보다 글 잘 쓰는 사람은 많다."
내가 극작가를 하겠다며 포부를 밝혔을 때 다섯 중에 넷은 이렇게 답했다. 나보다 글을 잘 쓰는 사람은 많다. 어쩌면 셀 수도 없을 만큼 많이.

하지만 포기하긴 싫었다. 그래서 더 미친 것처럼 글만 썼다.
나는 스스로를 아주 잘 알고 있었다.
글을 쓸 때의 내 모습이 진심으로 빛나고 있다는 걸.

나는 아직까지 나의 글을 보여줄 수 있을 정도의 실력이 되지 않는다고 생각했다.
독자에게 보여주기 민망했고, 잘 써야겠다는 압박감과 주변에서의 기대에 못 미쳤을 때의 좌절감이 먼저 떠올랐다. 난 자신감이 없었다. 내 실력을 보지 않았고 기회가 있음에도 시도하지 않았다.
아니, 어쩌면 '않았다'가 아니라 '못했다'가 맞을지도 모른다.

글태기.

작가에게 가장 무섭다는 글태기, 일종의 슬럼프. 나는 이것을 극복해야 했다. 더 먼 곳의 것을 보고, 더 많은 경험을 하고, 더 많이 글을 써봐야 했다. 그리고 마침내 짧지만, 완벽한 글을 써냈을 때의 뿌듯함을 느껴본 나는 서서히 슬럼프를 극복하기 시작했다.

나는 새벽 3시에서 벗어나 해가 뜨는 시간을 기다렸다.

그리고 서서히 떠오르는 해를 기다릴 수 있었다.

극작가.

참 매력적이다.

남들과는 다른, 새로운 걸 도전해보고 싶었던 철부지 나에게 극작가가 무엇일까라는 이색적인 호기심이 던져졌을 땐 다른 건 전혀 눈에 들어오지 않았다.

극작가.

그래, 나는 이제부터 극작가를 꿈 꿀 것이다.

나는 지금도 글을 쓰는 중이다. 자신감이 없어 그동안 글을 못 썼다면 이젠 쓰지 않았던 순간을 낭비하고 후회하기 싫기에 글을 쓴다. 펜을 들고, 글을 쓴다.

마침내, 나는 내가 진정으로 사랑하는, 나의 첫 주인공을 만들어냈다.

"언제까지 무기력하게 있을 거야? 꿈을 찾고 싶다며? 나랑 이 답답한 곳에서 나가자. 우리 같이 나가서 정말 원하는 꿈을 찾는 거야! 상상만으로도 설레지 않아?"

－사랑하는 나의 첫 작품, 주인공, 잭 폴리언의 독백 중

누리

; 온 세상에 너의 뜻을 펼쳐라

"예술은 자유롭고 기이하며 능히 경이로운 한 독특한 인간으로부터 탄생하는 것이다."

-R. D. 메퀸

청소년 극단 소소.

나의 꿈을 가장 확실하게 펼칠 수 있는 곳. 그곳에서 나는 가장 나다울 수 있었다. 처음에는 연극에 대해 아는 게 전혀 없었고, 내가 못하면 어쩌나하는 걱정이 앞서나갔다.

하지만 막상 마주하게 된 소소는 내가 걱정한 것과는 180도 달랐다. 오히려 편안했고 걱정한 것만큼 어려운 곳이 아니었다.

소소에서 가장 처음 올려본 공연은 독특했다. 무언극으로 하나의 짧은 스토리를 연출했고 이 작품은

거리공연

으로 올려졌다. 하나, 둘 무심히 지나가던 사람들은 자연스레 관객이 되었다. 아직 봄바람이 쌀쌀함에도 불구하고, 우리의 공연을 보기 위해 발걸음을 멈춘 사람들은 우리와 하나가 되었다. 생애 처음 받아보는 많은 박수소리에 영화 필름에 스쳐지나가듯 그동안 이 작품을 올리기 위해 고생했던 일들이 떠올랐다. 짧은 무언극을 올리는 데에도 배우들과 많은 마찰이 있었다. 더 멋진 공연을 올리고 싶어 자꾸 생기는 욕심 때문에 배우들에게 많은 걸 시키느라 서로 안 맞았던 부분도 있고 감정싸움이 오간 적이 많았다.

그러나 이 과정마저 내가 충분히 성장할 계기가 된다고 생각했다. 그러기에 포기하지 않고 끝까지 연출을 맡았던 것이고, 결국 내가 처음 연출했던 작품이 대회에도 나갈 수 있었다. 결과에 중요치 않게 나는 그 무엇과도 바꿀 수 없는 값진 경험을 또 하나 만들어냈다.

소소를 만난 지 벌써 1년이 되는 지금, 나는 많은 작품을 만나보았다. '햄릿'같이 한 번은 할 수 있지만 두 번하면 죽을 맛인 고전극도 경험해보고 내가 아닌 다른 작가가 쓴 창작극도 공연에 올리면서 동기부여 하나는 확실히 된 것 같았다.

지금 나도 창작극을 쓰고 있다. 다음 소소 공연 때는 내가 쓴 극을 올릴 수 있게, 정말 내가 원하던 꿈을 이룰 수 있게 말이다.

생전, 어쩌면 평생 해보지 않을 연기도 해보고 무대제작을 하면서 다음날 몸살이 나도 마냥 좋았다. 일주일 전부를 소소와 함께한 적도 많았다.

좋은 선배들, 친구들, 그리고 동생들. 같은 꿈을 꾸는 사람들이 모인

이곳에서 공연을 올린다는 목표 하나만을 가지고, 달리며 서로 웃고, 울고, 엇갈리기를 반복하며 마침내 모두가 만들어낸 무대로 관객에게 사랑받는다는 것은 정말 가슴 벅차오르는 일이다.

　소소 친구들은 내가 공연 끝날 때마다 우는 이유를 항상 궁금해 한다. 공연이 끝나면 나도 모르게 눈물이 나고, 그 눈물이 그저 벅차고 기뻐서 흘리는 눈물이라는 것밖엔 사실, 나도 잘 모른다.

　"덕분에 과거를 두려워하지 않게 되었어. 이젠 나도 현재를 위해서,
　그리고 미래를 바라보며 살 거야. 고마워, 타임즈."

-두려움에 미처 완성하지 못했던 글, [타임즈] 중

띠앗머리
; 형제자매 사이의 우애와 정

"예술은 무지라 하는 적을 가지고 있다."

-B. 존슨

우연히 만나 자연스레 인연이 된다는 말에 나는 콧방귀를 뀌었다. 그러나 내가 나의 인연을 만났을 때 나는 과거에 내가 믿지 못함을 어리석게 여겼다.

이 모든 건 내가 16살 때, 유럽으로 여행을 갔을 때의 일이다.
"강아지 키우고 싶다."
지금 떠올려도 납득이 되지 않을 정도로, 무슨 헛바람이 불어서인지 지금 당장 강아지를 키우지 않으면 안 된다는 생각이 들었다. 하지만 늘 그렇듯 돌아오는 대답은 부모님의 완고한 거절이었다. 주인 껌딱지라고 불리는 강아지들에게 외로움은 치명적이다. 더군다나 집에 늦게 들어오는 나를 봤을 때 강아지랑 있는 시간이 거의 없다는 이유로 부모님은 나의 부탁을 들어주시지 않았다. 그러나 나는 포기하지 않았다. 유럽의 여행지를 돌아다닐 때마다 성당을 자주 들렀었는데, 엉뚱한 생각을 가진 나는 인자한 미소를 지닌 예수님 모습의 동상 앞에서 간절히 빌었다.

"제발, 제발 강아지 키우게 해주세요."

유럽 여행 마지막 날까지도 나는 여전히 강아지 타령을 했다. 그때 온 연락 한 통은 엄마 지인 분이 유기견을 데리고 있다는 소식이었다. 놀랍게도 정말 우연인지, 나에게 올 인연이었는지 온몸에 소름이 돋았다. 정말 내 간절함을 들으신 것일까, 나는 허공을 보며 착하게 살겠다며 연신 고마워했다.

뼈마디가 시릴 정도로 추웠던 2016년 1월에 과일 상자 속에 들어 있는 강아지 사진을 보자 참을 수 없었다.

"당장 우리가 키우자."

그렇게 데려온 우리집 막내아들이자 권력자, 내 동생 레오다.

자기가 철석같이 믿었던 주인에게서 버려졌다는 걸 마치 안다는 듯이 수북하게 자라난 털 사이로 보이는 눈에는 눈물이 맺혀있는 것 같았다. 얼마나 외로웠을까, 또 추웠을까, 그리고 무서웠을까. 우리 가족은 그런 레오를 더 꼭 끌어안았다.

우리는 널 버리지 않을게,

절대로.

어쩌면 당연한 말이다. 한 생명을 버린다는 것은 어떠한 이유로도 정당화될 수 없는 말이다. 나는 레오와 함께한 순간 이후로 생명에 대한 소중함을 더욱 깨달았다.

낯을 가리며 며칠 밥도 제대로 먹지 않던 레오는 처음 우리와 만난 날 이후로 급격하게 성격이 변했다. 금방 기운을 차렸고 거실에서부터 내 방까지 전속력으로 뛰어오기는 기본, 밥시간이 조금이라도 늦으면 밥그릇을 박박 긁는 성격까지, 예민하고 앙칼진 성격을 드러냈다.

우리 집 권력자 레오에게서 내 서열은 최하위다.

엄마는 나보다 레오를 더 좋아하고, 레오도 엄마라면 천상 순둥이가 된다. 괜한 질투심이 생겨 레오를 괴롭히면 엄마한텐 멍멍하고 예쁘게 짖던 목소리가 왈왈하며 거칠게 돌아온다.

그래도 여전히 레오는 나를 좋아한다.

레오는 나와 침대에서 꼼짝도 못하게 내 배에 딱 붙어서 자는 걸 좋아한다. 처음에는 불편했지만 이제 레오가 없으면 허전하고 어딘가 텅 빈 느낌이었다. 항상 나를 미소 짓게 만드는 레오는 가장 힘들었던 나의 2016년 겨울에 찾아온 인연이 아닐까, 항상 고마워한다.

어느 날 우연히 내게 다가온 것이 다이아몬드처럼 귀중한 존재가 되어 있다는 것을 알았을 때 나는 그것을 인연이라고 부르기로 했다.

그리고 나는 이 인연의 끈을 절대 놓지 않을 것이라고 말한다.

"그렇다면 소원이 없을 거야. 새 가족들과 더이상 상처 없이, 건강하고 좋은 일만 생기길 바라, 친구야."

-나의 소중한 첫 단편소설, [상처를 치료해 준 가족] 중

안다미로
; 그릇에 넘치도록 많이

"소설이란 거리를 방황하며 다니는 한 개의 거울이다."

-스탕달

나는 여행을 좋아한다. 아니, 사랑한다는 말이 더 옳은 표현일 것이다. 가까운 듯 멀리 있는 나라에 여행 계획을 세우고 짐을 챙기고 비행기를 타고 구름을 갈라 도착하는 곳에서 자유를 만끽한다는 건 각박한 생활 속에서 벗어나는, 누구나 원하는 일탈일 것이다.

몇몇 작가들이 작품의 영감과 글감을 여행을 통해 찾는다고 들은 적이 있다. 솔직히 처음에는 이해하기 어려웠다. 이제껏 동남아, 러시아, 일본, 중국, 유럽, 아프리카 등의 여러 나라에 여행 다녀봤지만 난 영감을 떠올린 적은 단 한 번도 없었기 때문이다.

그런 나를 일깨워준 여행 목적지는

호주

였다. 아름다운 섬나라, 호주 말이다.

에메랄드빛 물감을 풀어놓은 바다와 깨끗한 공기에 딱 맞는 푸른 자연
은 오길 잘 했다고 생각했다.

이번 여행에서만큼은 작가들이 말하는 글감을 찾아보고 싶었다. 도대
체 어디서 영감을 얻고 장소를 정하며 하나의 극의 배경으로 만들 수 있
는지 도통 알 길이 없었다.

그래서 내가 내린 방법은 그냥 무작정 거리를 걷는 것이었다. 가벼운
마음으로 발걸음을 옮긴 곳은 숙소에서 5분 거리에 있는 달링하버였다.

노을이 붉게 물든 달링하버에선 사랑을 나누는 연인의 모습이 순식간에
그려졌다. 달링하버에 멈춰 있던 시간동안 천천히 돌아가는 관람차를 배
경으로 이제 막 사랑을 시작한 풋풋한 연인의 모습이 선명하게 그려졌다.

달링하버에서 뿐만 아니라 역동적인 블루마운틴에선 판타지 장르의
배경이 떠올랐다. 실제로 블루마운틴 아래에 떨어져 있는 자동차를 보자
충분한 스토리가 제법 탄탄하게 술술 풀려 나왔다.

생각해둔 표현들을 모두 기록해놓고 찍었던 사진을 정리하면서 그때
의 기억을 떠올려 본다. 그러면 미처 그 순간에 생각나지 못한 상상력과
표현이 뭉게구름처럼 다시 피어난다.

그렇게 여행은 내 글감을 찾아주는 또 하나의 그릇이 되었다.

"호주 말이야, 호주. 할머니, 호주 알아? 아니, 호주머니 말고. 우리
동네에서 어-엄청 먼 곳이래. 할머니 빨리 다 나아서 나랑 호주 가
자. 할머니가 좋아하는 비행기도 슝- 타고 날아가자."

-내가 글을 쓰고 싶었던 이유, [할미꽃] 중

가온
; 세상에 중심이 되어라

"꽃을 주는 것은 자연, 그 꽃을 따서 화환으로 하는 것은 예술이다."

-괴테

한국예술종합학교 연극원 극작과.

철없이 막무가내로 목표를 잡았던 학교에 입학했다. 한국예술종합학교를 목표로 삼았던 건 정말 딱 한 가지 이유였다. 순수 연극을 배우고 싶었던 나에게 한국예술종합학교는 꿈에 그리던 학교였다. 연극이 빠지면 내가 아니다 하는 마음 딱 하나만 보고 달려왔고 여전히 후회는 전혀 없었다. 연극과 극작, 연출을 공부하며 4년의 짧다면 짧을, 길다면 긴 시간을 보내고 졸업했다.

졸업 후, 나는 좀더 넓은 곳으로 멀리 나아가고 싶었다. 고등학생 때부터 대학로에서 살고 싶다는 말을 달고 살았다. 대학로에서 올리는 연극을 더이상 관객으로 관극하는 게 아닌 극단의 단원으로 활동하고 싶었다. 그렇게 나는 대학로에서 활동 중인 극단에 단원으로 들어갔다. 그리고 정말 사람들이 연극으로 알아주는 대학로에서 나는 정식으로 첫 창작극을 정기공연으로 올렸다.

극작을 준비하면서 나는 연출에도 많은 관심이 있었다. 청소년 극단을 다니면서도 연출을 배웠기에 연출이라는 꽃의 씨앗을 심었고 자라난 나무에는

극연출가

라는 꽃이 피어났다.

연극 연출도 좋았지만 워낙 엉뚱한 성격이라 신기하게도 뮤지컬의 매력에 풍덩 빠져버렸다.

고등학생 때 혼자서 한 달에 한 번, 서울에 갔다. 서울에 갈 때마다 뮤지컬 한두 개씩 보고 온 적도 꽤 많았다. 어쩌면 연극보다 뮤지컬을 더 많이 봤을지도 모른다. 나는 뮤지컬 극을 썼고 내가 그동안 만나보고 싶었던 뮤지컬 배우들을 만나는 영광까지 얻게 되었다.

전 좌석 매진.

어쩌면 이 말은 무대 예술을 하는 사람이 관객에게 있어서 가장 고마운 말일 것이다. 내가 쓴 극을 보러 먼 곳에서 와주는 관객 분들에게 더 좋은 공연을 선물하기 위해 나는 관객의 피드백을 받으며 매일매일 새롭고 완성도 높은 공연을 만들어갔다.

그리고 현재, 나는 다음해에 있을 신춘문예를 준비하고 있다. 당연히 희곡 부문을 준비하고 있으며 언젠가 나의 글을 인정받고 꿈에 그리던 정식 극작가 자리에 앉게 될 것이다. 그럼에도 나는 끊임없이 작가에 대해 연구하고 공부할 것이다.

하고 싶은 건 다 하고 살아야지.

학창 시절에 대학을 위해 입시 준비를 하면서 막히는 부분도 많았고 그만큼 포기하고 싶을 때가 많았다. 슬럼프를 극복하는 데에 아까운 24시간을 보낸 적도 있었지만 항상 생각했다.

한 번 올라간 커튼은 극이 끝날 때까지 내려오지 않고, 한 번 켜진 조명은 막이 내릴 때까지 절대 꺼지지 않는다.

후기

　처음 스스로 두 날개를 가져 더 멀리 나아가겠다는 꿈을 가졌고 앞을 예측할 수 없는 뿌얀 기운의 시련을 지나 온 세상에 '나'라는 사람을 알리기 위해 멈추지 않고 날았다.

　알 수 없는 인연을 만나 위로를 받고, 받은 위로를 나누어줄 그릇을 만들었다.

　그 그릇을 모두 나누어 주었을 때 비로소 '나'는 마침내 세상의 중심에 서 있게 될 것이다.

　수많은 시행착오를 겪으며 어렵게 나의 열여덟을 마무리한다. 가장 예쁜 나이에 꿈을 꿀 수 있다는 것은 가히 행운이라고 생각한다. 앞으로의 순간도 아름답게, 그리고 이렇게, 늘 그래왔듯 묵묵히 두 날개를 가지고 날아갈 것이다.

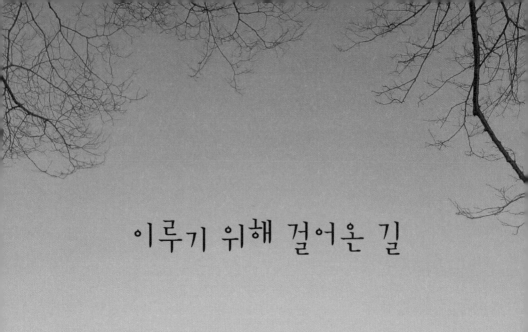

이루기 위해 걸어온 길

Writer 김현탁

김 현 탁

'배우'란 꿈은 나의 성격을 바꾸어주었다.
연기를 배우기 전 나는 소심하고 내향적이라 사람들 앞에서 아무 말도 못했다.
하지만 연기를 배우고 난 뒤 좀더 활발해졌고 외향적 부분도 많이 늘었다.
연습과 무대 경험이 늘다 보니 사람들 앞에서
이야기를 하거나 보여주는 행위를 하는 게 익숙해진 것 같다.

고등학생이 되기 전 내게로 다가온 '배우'라는 꿈은
언제나, 항상 나를 설레게 한다.
나는 지금 '배우'로 가는 중이다.

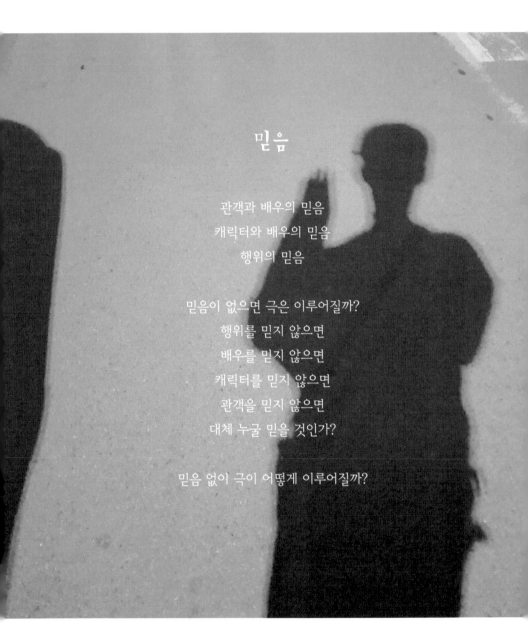

믿음

관객과 배우의 믿음
캐릭터와 배우의 믿음
행위의 믿음

믿음이 없으면 극은 이루어질까?
행위를 믿지 않으면
배우를 믿지 않으면
캐릭터를 믿지 않으면
관객을 믿지 않으면
대체 누굴 믿을 것인가?

믿음 없이 극이 어떻게 이루어질까?

연기를 배우고 싶습니다

누가 나에게 18년을 살면서 제일 힘들었던 순간이 언제였냐고 물어보면 나는 조금의 망설임도 없이 중학교 시절이라고 말할 것이다.

그 이유는 3가지로 분류가 된다.

첫 번째로는 학업에 대한 스트레스였다. 중1 때부터 나는 공부를 못했다. 아니, 못한 것보단 하기 싫어했다. 공부를 왜 해야 하는지 몰랐고 공부보단 축구하면서 놀고 싶었다. 중간고사나 기말고사가 다가오면 시험공부를 해야 한다는 부담감과 부모님의 꾸중이 나에게는 제일 큰 고통이었다.

두 번째로는 친구관계이다. 나에게는 누나가 두 명 있다. 옛날부터 누나들이랑 함께 지내다 보니 과격한 행동보단 얌전하게 이야기를 하고 이야기를 들어주는 것이 나에게는 더 편안했다. 하지만 남중을 가게 되면서 대부분의 친구들이 과격한 행동을 하고 장난으로도 심한 욕을 하는 애들이 많았다. 나와 정반대의 성향을 가진 아이들을 만나게 되니 3년 내내 적응하기 힘들었다.

세 번째로는 진로에 대한 스트레스였다. 중3 말이 되니 내 곁의 친구들은 벌써 진로를 잡고 그쪽으로 나아가는 아이들이 많이 보였다. 나도 딱 하나의 진로를 잡고 나아가고 싶어 부모님께 사격선수가 하고 싶다고 말씀드렸다. 하지만 나에게 돌아오는 건 부모님의 꾸중이었고 내가 가고 싶었던 대구체고의 입시전형은 끝나 결국 사격선수의 꿈은 포기하게 되었다.

이 상태로 고등학교에 진학하면 중학교 때처럼 힘든 3년을 보낼 것이 뻔해 보였다. 그래서 나는 중학교 3년 동안 왜 힘들어했는지 무엇이 문제였는지 다시 되돌아보았다.

되돌아보고 나니 힘들 때 힘들다고, 기쁠 땐 기쁘다고, 무서울 땐 무섭다고 표현을 하지 못하였다는 것을 알게 되었다. 그때 나는 깨달았다. 이때까지 나는 계속 나의 감정들을 숨겨온 것이었다. 그것을 깨닫는 순간 나는 부모님께 달려가

"저 연기를 배우고 싶습니다!!"

라고 말씀드렸다. 하지만 나에게 돌아온 것은 꾸중이었다. 그래도 포기하지 않고 다시 부모님을 설득해서 나는 2017년 1월 5일부터 연기학원을 다니게 되었다. 한 주가 지나고 두 주가 지나기 시작하니 나의 감정들을 숨기지 않고 조금씩 표현할 수 있게 되었다. 덕분에 공부에 대한

스트레스와 친구들과의 관계 그리고 진로에 대한 스트레스들이 확 풀린 기분이었다.

부모님께 말씀드린 후 중3 말쯤 정신 차려 공부도 하기 시작했다. 나에 대한 생각을 좀더 하고, 진로에 대한 생각을 깊이 하다 보니 나의 마음을 잘 표현하지 못한 것을 알아차린 것이 신의 한 수였다고 본다.

덕분에 2017년부터 나의 제2의 삶이 시작되었다.

도전으로 키운 용기

고등학교 1학년인 나는 1월 초부터 진로를 잡기 시작하였다. 그것은 바로 '연기자'이다.

나는 중학교 때까지 속마음을 잘 드러내지 못하였다. 그런 내가 너무 답답하고 서러워서 '어떻게 하면 나의 속마음을 잘 표현할 수 있을까?'라고 생각해 보니 '배우'라는 직업이 눈에 들어왔다. '배우'는 사람들 앞에서 캐릭터의 속마음을 표현하고 캐릭터의 성격을 알려주어야 하는 사람이다.

'저걸 내가 할 수 있을까?'

두려움이 넘쳐났다. 왜냐하면 나에게는 '용기'가 없었기 때문이다.

그래서 1월 초부터 연기학원에 등록했다. 수업 시간에 상황극, 즉흥극 등 반복적인 수업을 들어보고, 학원 이외의 여러 활동들을 해보니 점점 나에게 '용기'라는 것이 생겨나기 시작했다.

이렇게 1개월 2개월 시간이 지나갔다. 처음으로 입학한 동문고등학교. 대부분 처음 보는 아이들, 낯선 교실, 낯선 복도… 하나부터 열까지 모두 다 낯설게 느껴져서 잘 해보겠다는 용기가 뚝 떨어지고 말았다. 하지만 다행히 같은 중학교를 나온 친구들이 있어서 초반에는 수월하게 지낼 수 있었다.

3월 중순이 되었다. 담임 선생님께서 곧 학급 반장을 뽑으니 신청할 사람은 신청하라고 하셨다. 나는 학급 반장을 꼭 하고 싶었다. 왜냐하면 학급 반장은 용기 있고 자신감이 있는 애들이 하는 거라고 생각했기 때문이다. 그래서 선생님을 찾아가 신청을 하고 집에 가서 연설문을 열심히 짜기 시작했다.

학급 반장선거 당일. 열심히 연설문을 썼지만 곧 다가오는 연설문 발표에 용기가 나지 않아 포기하고 싶었다. 그때 내 친구인 김지안이 "할 수 있다"라는 말을 하면서 힘을 주었는데 갑자기 중학교 진로 선생님께서 해주신 말씀이 떠올랐다.

"시도하기 전 포기를 하면 네가 될 확률은 0퍼센트이지만 시도를 하면 100퍼센트에 가까워진다."

나는 나를 응원해 주시는 분들이 있다고 스스로 생각했다. 용기를 내어 아이들 앞에 섰다. 떨리는 마음으로 차분히 발표를 하기 시작했다.

"저는 사막 여우를 닮았다는 소리를 많이 들었습니다. 그 이유는 귀가 크기 때문입니다. 제가 다니는 연기학원에서는 말하는 것보다 듣는 것이 더 중요하다고 배웠습니다. 저는 제가 수천 가지의 말을 하는 것보다 여러분들의 말에 귀 기울여서 실천하는 것이 제일 중요하다고 생각합니다."

발표를 하고 나니 친구들이 손뼉을 쳐 주었다. 그 박수는 나에게 왠지 모를 감동을 주었다.

다른 친구들의 연설을 다 듣고 투표를 하였다. 8명 중 과반수 투표로 나랑 여자 2명이 뽑혔다. 그리고 그 3명 중에서 2명을 뽑는데 여자 한 명이 떨어졌다. 이제 진짜 학급 반장과 학급 부반장이 결정되는 투표이다. 나는 여기까지 올라 온 것만으로도 놀랍고 믿기지가 않았다. 투표 결과가 드러나는 중 서로 한 표씩 주고받는 상황에 14대 14.

마지막 한 표가 남았다. 이왕 여기까지 온 거

나는 간절히 학급 반장을 원했다.

드디어 한 표! 이름이 불려졌다.

"김 현 탁"

최후의 1인은 내가 되었다. 믿기지가 않았다. 8명 중에서 내가 투표수를 가장 많이 받고 반장이 된 것이다. 아마 연설문 발표를 포기했더라면 상상조차 못했을 일이다. 용기를 낸 덕분에 반장이 될 수 있었다. 시작이 반이라는 말이 진짜 와 닿았다.

꿈을 정하고 처음으로 한 도전으로 학급 반장이 되었다. 첫 도전부터 잘 이루어져 기분이 미칠 듯이 좋았다. 앞으로 연기 인생을 걸어가면 무수히 많은 캐스팅, 오디션을 볼 것이다. 때로는 성공의 길을, 때로는 실패의 길을 갈 수도 있겠지만 무슨 일이든 '도전'을 해보고 판단을 해나가겠다고 생각했다.

나의 연설문을 진심으로 들어주고 날 믿어준 친구들에게 고마웠다. 덕분에 뜻 깊은 반장이 될 수 있었고 1학년 7반의 반장으로서 1년 동안 우리 반 아이들을 잘 이끌고 나가야겠다는 새로운 목표가 생기게 되었다.

첫 뮤지컬 RENT!!

"뮤지컬 렌트라는 작품을 할까 하는데 다음 주까지 자신이 하고 싶은 부분을 연습해 오렴."

선생님께서 말씀하셨다. 내가 다니는 학원은 1년마다 정기공연을 한다. 드디어 공연을 함께 한다. 뮤지컬 렌트는 나에게 있어서 첫 무대 경험을 가질 수 있는 뮤지컬이다.

처음 연기학원을 다니게 되었을 때 오프닝 공연으로 10분짜리 뮤지컬 렌트를 만들어서 올린 적이 있었다. 그때는 '연기'의 '연'자도 몰랐을 때라 공연 내용도 많이 부족했다. 그래서 다시 해보고 싶었던 작품이었다. 이번 공연은 10분짜리가 아닌 1시간짜리라 더더욱 욕심이 났다.

작년에는 '로저' 역할을 했다. 그래서 작년에 했던 캐릭터를 더 분석해서 할지 아니면 '콜린'이라는 새로운 캐릭터를 할지 고민하였다. 로저를 하고 싶은 이유는 작년에 제대로 하지 못하여 조금이라도 더 알고 싶었고, 콜린을 하고 싶은 이유는 노래가 너무 슬프고 감성적이어서 도전해 보고 싶었다. 결국 작년에 했던 것이 아쉬워 로저 역할을 준비하기로 했다.

다음날, 선생님께 준비한 것을 보여드리고 나는 내가 하고 싶었던 로저 역할을 또다시 하게 되었다. 우리는 대본을 받고 천천히 대사를 읽어 내려갔다. 공연을 하기 D-50일. 12월 기말고사를 끝내고 나니 어느새 공연은 D-30일 밖에 남지 않았다. 우리 렌트팀들은 2018년 1월 2일부터 공연 전까지 아침 10시부터 밤 10시까지 같이 연습하고 집에 가는 걸 반복하기 시작하였다. 처음에는 단합이 잘 안 되었다. 각자의 생활이 있다 보니 연습을 못하게 되고 수업시간마다 혼나기 일쑤였다. 선생님한테 혼나고 나서야 다들 정신을 차리고 같이 모여 연습을 하게 되었다. 하지만 연습을 하면서도 서로의 의견들이 안 맞고 합일점을 못 찾아 서로 싸우고 눈물도 보이고 너무 마음이 아팠다.

'이러다가 공연을 못하면 어떡하지'

수시로 걱정이 되었다. 하지만 금세 무슨 일이 있었냐는 듯이 화해하는 게 제일 인상 깊었다. 모두 연기를 하고 싶어 모였기 때문에 공연에 대한 애정으로 금방 화해가 되었다. 아침 10시부터 모여서 다 같이 몸을 풀고 형, 누나, 동생들과 함께 점심도 먹고, 중간 중간 먹는 간식 시간들이 너무 소중하기만 했다. 나는 '함께'라는 단어를 좋아한다. 연기를 할 때 혼자서 하는 연기는 별로 없다. 그래서 공연을 올릴 때마다 같이 의견을 나누고, 다 같이 밥을 먹고, 다 같이 싸울 수 있다는 게 너무 고마울 따름이다. 연습을 할수록 우리 팀은 더 끈끈하게 가까워져갔다.

공연까지는 D-7일. 이제 실전처럼 의상도 입고, 화장도 하면서 런을 돌리기 시작하였다. 수업시간마다 더 섬세하게 다지고 다지면서 공연 올릴 준비가 되어갔다.

2018년 1월 28일.

드디어 공연일이다.

우리는 아침 9시까지 '엑터 스토리'라는 소극장에 모여서 짐을 풀고 의상 체크하고 화장을 하면서 동선 체크도 하면서 공연 올릴 준비를 분주히 해 나갔다. 3시 타임이 되기 전 우리는 다 같이 "탑 엑터스 파이팅!!"을 외쳤다.

순조롭게 공연을 하는 도중 상대 배역이 노래를 부르는 중 음악이 멈추는 일이 생겼다. 배역을 맡은 누나가 당황은 했지만 다행히 노래를 이어나가 아무 일 없이 공연을 잘 이어나갔다. 그러다가 콜린 역할을 하는 분이 의자를 밟다가 의자가 부서지는 일이 발생하였다. '어쩌면 좋지' 모두들 어찌할 바를 몰라 했다. 그때 나는 암전될 때까지 기다렸다가 암전이 되었을 때 부서진 의자와 여유분으로 남은 의자를 긴급하게 옮겼다. 그렇게 대처한 내가 스스로 대견한 느낌이 들었다. 나에게 그런 순발력

이 있다니, 다른 분들도 휴~ 하며 서로 눈으로 웃음을 나누었다. 두 번의 소란이 있었지만 다들 잘 대처해서 무사히 공연을 마치게 되었다.

첫 공연을 마치고 소박하게 김밥을 먹으면서 자기가 틀린 부분을 점검하고 쉬는 시간을 가졌다. 두 번째 타임인 7시 공연. 이번에는 내가 실수를 했다. 나의 솔로 파트에서 가사를 까먹은 것이다. 그런데 관객분들이 괜찮다는 박수를 보내주었다. 덕분에 차분히 기억해내서 다시 부르게 되었다. 그 다음에 바로 같이 부르는 노래에서 음향사고가 또 났지만 나를 포함한 상대 배우들이 노래를 계속 이어나가 잘 대처할 수 있었다. 그렇게 7시 타임도 다행히 잘 끝낼 수 있었다.

공연이 끝나니 저녁 9시. 얼른 짐을 싸고 다 같이 콩나물국밥을 먹으러 갔다. 공연을 끝내고 먹는 밥은 정말 색달랐다. 열심히 준비한 공연을 드디어 끝냈다는 마음, 조금 더 잘할 수 있었는데 하는 아쉬운 마음, 이제 입시 준비를 하는 형 누나들과 헤어진다는 마음 등으로 이것저것 시원섭섭했다. 마지막 국물까지 다 마시고 밤 12시가 되어서야 나의 첫 뮤지컬 렌트는 끝이 났다.

한국예술종합대학교 합격

　한국예술종합대학교는 다른 대학교보다 빠르게 수시전형이 이루어진다. 나는 2017년 1월부터 2019년 11월 5일까지 2년 10개월을 넘게 연극영화과를 목표로 잠시도 쉬지 않고 달려왔다.

　2년 10개월 동안 이론 수업, 감정 표현, 순발력, 주고받기, 화술, 독백, 공연, 즉흥극, 상황극, 당일대사, 질의응답 등등을 수 없이 배우고 연습해 왔다. 누구보다 일찍 꿈을 키워왔기에 연기 수업 때마다 누구보다 신중하게 수업을 듣고, 누구보다 왜 연기를 하고 싶은지를 확실하게 잡아왔다.

　드디어 한국예술종합대학교에 1차 시험. 1차 대기실에서 나는 화장 검사를 맡고 2차 대기실로 넘어가서 조별로 나누어 몸을 풀고 환복하고 주의 사항을 들었다. 그리고 3차 대기실에 가서 당일 대사를 받았다. 나는 오전에 시험이라 당일대사 연습시간이 많았다. 그때 당일 대사는

　"너 왜 그래? 이거면 눈치 보면서 연구할 필요가 없다 이 말이지. 너 아직도 정부에 불만이 많은 거야? 이제 그만할 때도 됐잖아? 너 어떻게 정부란 이름만 들어도 고혈압이 나타나는 거야?"였다.

　드디어 내 차례가 다가왔다. 나는 크게 숨을 3번 쉬고 시험장에 들어갔다. 내 앞에는 세 명의 남자 교수님들이 앉아 계셨다. 떨리지만 감정을 잡고 당일대사를 하였다. 다 하고 난 뒤에도 교수님들의 표정은 변화가 없었다. 이번에는 자유 연기. 다행히 자유 연기를 할 때는 평상시 연습할 때보다 발음이 더 좋았고 감정과 상황이 잘 드러나도록 보여준 것 같다. 이어서 질의응답을 이어나갔다.

　"우리 학교에 지원한 계기가 무엇이니?"

　"연기를 왜 하고 싶니?"

　예상해서 준비한 것도 있어 크게 떨리지는 않았다. 특히 연기를 왜 하

고 싶냐는 질문은 고1 때부터 생각해온 것이라 내 진심을 다 표현할 수 있었다.

약 한 달 뒤. 1차 합격자에 '김현탁'이 적혀 있었다. 내 마음이 전해진 것 같아 기분이 좋았고 2차까지 열심히 해서 내가 가고 싶은 대학에 가자고 다짐했다. 2주간의 연습을 하고 2차 시험을 보러 갔다. 그때도 1차 시험처럼 당일대사를 하고 자유 연기와 면접을 하였다. 드디어 2차 합격자가 발표나는 날이다. 학교를 마치자마자 학원에 달려와 수험번호를 쳤다.

'합격'

합격이라는 말을 보자마자 조용히 눈물이 흘러내렸다.

'드디어 시작이구나.'

눈물이 계속 흘렀다. 부모님께 전화로 합격을 말씀드리니 어머님께서 "수고했다. 역시 내 아들은 될 줄 알았어, 이따가 집에 오면 맛있는 거 해줄게."라고 함께 기뻐해 주셨다.

학원 원장선생님께서는

"너는 처음에 실력은 없었지만 네가 가고자 하는 목표의식이 강했고, 수업 시간마다 열심히 수업을 듣고 매일 나와 연습하더니 드디어 네가 가고 싶은 대학을 갔구나. 축하한다."라고 칭찬해 주셨다.

나는 그날 너무 울어서 퉁퉁 붓고 코가 막혀 잠도 제대로 못 잤다.

존경하는 하정우 배우

연기 학원 선생님께서

"현탁아, 너는 롤 모델이 누구니?"라고 물어보셨다.

"음… 잘 모르겠어요."

"그럼 다음 시간까지 찾아오기로 하자."

"네."

그 뒤로 집에 가서 내가 평상시 좋아하던 배우들을 하나하나 찾아보았다. 최민식 배우, 송강호 배우, 하정우 배우, 이종석 배우, 박보검 배우, 송중기 배우 등등 여러 명의 배우가 있었다. 그중 하정우 배우를 나의 롤모델로 뽑았다. 하정우 배우는 뭔가 내가 바라던 스타일의 배우분이셨고, 낮은 톤에다가 카리스마 있는 눈빛, 또 남성미가 넘치는 분이다.

하정우 배우의 본명은 김성훈이고, 1978년 3월 11월에 태어나고 어릴 때부터 아버지처럼 배우가 꿈이었다고 한다. 그래서 매니지먼트 회사에서 연기 트레이닝을 하며 연기를 배웠고 이후 중앙대학교 연극영화과에 입학해 연극을 전공하며 무대에서 활동했다. 2002년 SBS 시트콤《똑바로 살아라》와 영화《마들렌》에서 연기자로 데뷔했다. 그리고 2018년도까지 방송 4건, 영화 38건, 집필 2권 등등의 많은 활동을 이어왔다. 내가 하정우 배우를 처음 본 작품은《더 테러 라이브》였다. 이후《추격자》,《암살》,《터널》,《신과 함께 1, 2》,《PMC: 더 벙커》를 보았다.

하정우 배우를 롤 모델로 잡은 후 고1 미술시간에 자기의 롤 모델을 PPT로 조사해 오는 숙제가 있었다. 나는 역시나 하정우 배우를 조사해서 친구들 앞에서 하정우 배우에 대해서 좀더 자세히 알려주고, 영화《추격자》중 하정우의 사이코패스 연기를 친구들에게 잠시 보여주었다.

"아니에요.(틈) 아니라니깐요.(틈) 안 팔았어요.(틈) (들릴 듯 말 듯) 죽였어요.(틈) 네. 죽였어요."

친구들 앞에서 연기로 보여주니 친구들이

"와, 대박이다"

며 환호하였다. 아직 부족한 부분이 많았지만 친구들한테 연기를 보여준 것도 기뻤고, 내가 존경하는 배우의 대사를 연기했던 것이 스스로 대견하였다.

2018년 12월에 개봉한 《PMC: 더 벙커》를 보았는데 하정우의 이기심이 영화 보는 내내 나의 숨을 잡아먹었다. 자신의 이득을 위해 남이 어떻게 되든 신경도 안 쓰는 게 너무 화가 났다. 마지막에는 북한군과 끝까지 살아남았지만 팀원들이 너무 불쌍했다. 하정우의 연기를 볼 때마다 너무 소름 돋는다. 그 이유는 연기를 그냥 잘하는 게 아니라 어떤 캐릭터든 소름 돋게 소화해낸다는 게 너무 소름이었다.

나도 얼른 데뷔를 해서 하정우처럼 멋진 배우가 되고 싶다. 뭐든지 잘 소화해 낼 수 있고, 사람들에게 자신의 캐릭터와 감정들을 잘 보여주고 싶다. 지금 내가 하정우 배우를 롤 모델로 잡고 있듯이 나의 후배들이 나의 연기를 보고 나를 롤 모델로 삼아줬으면 하는 바람도 가져본다.

인생이란 앞날을 알 수 없다.
하지만 앞날을 자신이 만들어 갈 수 있다.

앞날…? 그래, 지금 만들어 나갈 것이다.
인생에서 제일 중요한 시점은 '열아홉'
나는 이 자서전을 계기로 나의 앞날을 계획하고 노력하고
꾸준한 실천을 해 나갈 것이다.

그리고 약속한다. 나뿐만 아니라 모두에게.
1년 동안 열심히 해 원하는 학교에 입학한다.

그리고 10년 뒤에는 사람들에게 공감을 잘해주는 배우로,
20년 뒤에는 '하정우' 배우처럼 노력미 넘치고
어떠한 캐릭터에라도 도전하는 배우가 될 것이다.

44

思查 "생각한 대로 그리다"

나의 건축학개론

글. 박혜원

Who am I ?

박혜원(朴惠願)

2001년 한겨울에 태어났다.

나는 잘하는 게 없다고, 그렇게 고민했다.

건축가가 되고 싶었다.

내가 되고 싶었다.

나는 내가 되었는가?

행복

나의 기준은 오롯한 나의 행복. 그리고 나의 사람들의 행복.
자아실현을 위한 노력 또한 마찬가지다.
우리는 행복하기 위해 살아가고 있지 않은가.

책임

나는 책임질 줄 아는 사람이 되고 싶었다.

1부

내가 되는,

: 건축가가 되고 싶었던 이유는 다른 게 아니었다.
나도 그렇게 빛나는 건물을 짓고 싶었다.
내가 아는 가장 빛나는 것이 건축이라고 생각했다.
빛나고 싶었던 것 같다.

건축학 개론의 서장, 리움

나만의 건축학 개론을 쓰게 된다면, 단연코 첫 장에 넣을 사건이 하나 있다. 내가 건축을 꿈꾸게 한 그곳, 리움 미술관을 방문했던 일이다.

어릴 적 나는 예술에 관심이 많은 편이었다. 다만 그리는 데 재능이 썩 없었고, 그리는 것보다는 감상에 취미가 있었던 터라, 어머니께서 내가 초등학교 2학년이 되었을 즈음 빌려오신 명화 전집은 그 해 여름방학을 책임질 정도였다. 그 덕이었는지, 나는 그후 방학만 되면 미술관에 가자고 했었고, 내 인생의 터닝포인트라 칭하고픈 미술관에 갈 수 있었다.

출처, 리움미술관 공식홈페이지

미술에 관심이 있었기에 갔던 미술관이었다. 기억하기에 나는 분명히 조선 백자 달항아리를, 그리고 별관 특별 전시를 보러 갔던 것 같은데, 뜬금없이 거기서 박물관의 건물 그 자체에 빠져버리고 말았다. 햇빛이 쏟아지는 원형 계단. 바로, 다음 전시실을 가려 향했던 계단에서 만난 햇빛이 쏟아지는 원형 계단에 빠져버렸던 것이다. 난 아주 오래도록 그곳에 있었다. 어머니께서 그만 가자고 하지 않으셨다면 시간의 흐름조차 느끼지 못하고 그곳에서 있었을 것이다. 지금도 여전히 나는 그곳에서 봤던 다른 전시물은 거의 기억하지 못한다. 그냥 열심히 봤던 기억. 그리고 그 계단에 빠졌던 기억. 그뿐.

　뭐가 좋았냐고 묻는 말씀에 나는 그 많은 미술품을 잊어버리고서, 계단에서 빛이 쏟아져 내리는 것 같았다고 답했다.

　그때부터였던 것 같다. 내가 건축가를 꿈꾸었던 것이.

출처, 리움미술관 공식홈페이지

제주, 안도 다다오

　열일곱의 겨울이었다. 어렸을 때부터 건축가가 되고 싶었지만 막상 시간과 공간의 문제로 정작 보고 싶었던 건축물은 보러 가지 못했던 순간이 많았다. 그래서 제주도를 가게 되었을 때, 무작정 언니 손을 붙잡고 건축물을 보러 제주 시내 버스를 탔다. 목적지는 섭지코지. 안도 다다오의 유민미술관.

　길의 방향을 잘 못 찾는 편이라 대중교통을 이용하는 건 여전히 무서운 나인데, 그땐 뭐가 그렇게 겁도 안 나는지, 버스를 두 번이나 환승해가면서 섭지코지를 찾아갔다. 멀미를 하면서 작은 휴대폰으로 지도를 보아가며 찾아갔던 유민 미술관, 그때 난 왜 안도 타다오를 빛의 건축가라 하는지 제대로 느낄 수 있었다.

추운 겨울, 덜덜 떨며 찾아가느라 고생했던 기억을 순식간에 잊게 할 만큼 안도 다다오의 건축물은 아름다웠다. 차가운 콘크리트 외벽이 권하는 대로 걸어 내려가면 보이는 양 옆의 인공계곡과 눈앞의 성산 일출봉. 콘크리트, 제주의 돌로 높이 지어진 담장은 오로지 내 눈에 돌과 콘크리트와 하늘밖에 보이지 않게 했다. 갈수록 깊어져 완전히 어둠이라고 생각되는 곳까지 걸어가면 그제야 시작하던 박물관은 정말 빛과 어둠이 잘 어울리는 곳이었다. 차가운 콘크리트 벽을 타고 내려오는 빛은 따뜻하단 생각을 들게 했다. 수많은 문들 사이에서 어디로 가야 할지 몰라 헤매다 우연히 들어간 방에서 보이는 문으로 나가고 들어갔던 동선이 의도된 것이었음을 알았을 때의 놀라움이란, 설명하기 어려울 정도였다.

그때 그 박물관을 찾아갔던 그때의 일은 이제껏 내가 가장 잘한 일 중하나라고 생각한다. 그때 느꼈던 빛의 압도. 그곳에서 난 앞으로 이런 건축을 하고 싶다는 걸 깨달았다.

빛이야말로, 비로소 건축을 완성시키는 것이었다.

책 속에 살아 숨 쉬는,

건축을 준비하기 어렵다는 건, 전부터 느끼고 있던 바였다. 마치 의대를 준비하는 학생에게 진료를 해 보라고 하는 것처럼, 건축학과를 위해 무언가 준비하기엔 불가능 한 일 뿐이었다. 단순히 성적만 좋다고 해서 무언가 확언할 순 없는 일이었다. 한참을 고민할 수밖에 없었다. 나는 무엇을 할 수 있는가?

그때부터, 나는 책에 빠져들었다. 굳이 어려운 책을 읽을 필요는 없다고 생각했다. 건축이 아니어도 괜찮다고 생각했다. 설계만 잘한다고 좋은 건축가는 아니듯, 다양하고 넓은 지식을 가질 필요가 있다고 생각했다. 지식을 넘어서, 다양한 감정을 가질 필요가 있다고 생각했다.

그렇게 나는 책을 읽게 되었다.

책을 읽고 나면 나는 금세 상상에 빠져들었다. 내가 꿈꾸는 집, 내가 꿈꾸는 마을, 내가 꿈꾸는 도시, 내가 꿈꾸는 미래. 상상 속에서 나는 체리나무가 우거지는 주택에서, 햇살을 느끼며 책을 읽고 있었고, 때론 평론가와 교수가 되어 우리나라 건축에 대해 얘기하고 있었다. 이미 성공한 것처럼, 그렇게.

무너진 자존심을 회복하고, 휘청거리는 방향을 잡고, 어딘지 모를 미래를 향해 전진할 기회를 책이 내게 주었다. 책이 내게 얘기해 준 많은 것들이, 지금의 나를 만들었다. 무의미하다고, 문제 한 개를 더 풀기를 종용하던 이들 사이에서 책을 읽었던 나를, 일어서게 했다.

인간은 한 분야의 지식만으론 살아갈 수 없다. 책은 내게 부족한 부분을 채워주는 가장 최고의 것이었음을, 돌이켜본다.

2부

'나'라는 건축학개론

: 사람들은 무리라고 말했다.
다시 생각해 보라고 했지.
나는 굴하지 않고 싶었다.
나의 미래는 빛날 거라고, 확신하고 싶었다.

그렇게 빛나는 나의 건축학 개론은,
얼마나 빛날까.

스페인이라는 첫 발짝

대학 합격을 확인하는 순간은, 내 인생에서 가장 떨렸던 순간이라고 꼽을 수 있는 순간이었다. 합격, 이 두 글자가 얼마나 간절하던지. 그렇게 손을 덜덜 떨며 대학합격을 확인하던 날이 어제 같았던 2020년 1월, 드디어 스페인으로 여행을 떠났다. 뭐든 처음이 가장 중요한 법이라고, 아끼고 아끼던 첫 해외여행이었다.

스페인 여행을 미루고, 약속으로 둔 건 중학교 2학년 때의 일이었다. 마냥 이러다간 진짜 건축가가 될 수 없을 것 같아, 꼭 가고 싶어 했던 스페인 여행을 대학 합격한 이후로 미루어 두었었다. 그렇게 보상을 두면 조금이나마 더 간절해지지 않을까, 그래서 더 공부하지 않을까, 그런 생각에서였다. 놀랍게도 나는 점점 성적이 올랐고, 진짜로 가고 싶었던 대학에 합격하게 되었다. 그렇게 나의 오랜 약속을 이행하게 된 것이었다.

꼭 5년 만에 지키게 된 약속에, 스페인을 향하는 비행기 안에서 설렘을 감출 수 없었다. 고등학교를 다니는 내내 나를 짓누르던 수능과 대학이란 짐을 벗어던지고 맞이한 스페인이라니. 기쁘다 못해 눈물이 날 지경이었다. 삼 년 내도록 여행한 기억도 없는 시간을 보내자 떨어진 보상은 그렇게나 달콤한 것이었다.

오랜, 그렇지만 느끼기엔 짧은, 그 비행을 끝내고 내린 마드리드는 추운 한국과 달리 꽤 따뜻한 햇살이 비추고 있었다. 1년 내내 쌀쌀하다지만, 한국과 비교할 날씨가 아니었다.

마드리드에선 긴 여정을 보낼 수 없어, 금세 나는 바르셀로나로 향했다. 스페인에 온 목적이 그곳에 있었다. 가우디의 도시, 바르셀로나.

아주 오래도록 꿈꿨던 바르셀로나, 그리고 가우디. 그곳의 첫인상은 '아름답다'였다. 간단하지만 이 이상으로 설명할 방법이 없기도 했다. 곳곳에 있는 가우디의 건축물, 과거의 유산들. 분명 바르셀로나라는 도시에 있었는데 영화에 출연하고 있는 것 같다는 생각이 들었다. 그곳에서 제일 먼저 내가 향했던 곳은 가우디의 사그라다 파밀리아 성당이었는데, 난 그곳에서 건축물에 압도당한다는 것이 어떤 감정인지, 어떤 기분인지 느낄 수 있었다. 그곳에서 나는 아무것도 하지 않고 가만히 서서 그 감정을 고스란히 느끼고 있었다. 분명 중학교 2학년 즈음, 그때 내게 누군가 말해주었던 그 감정이 이런 것일 거라고 확신할 수 있었다.

돌아오는 내내 나는 스페인을 떠나기 아쉬워 한참이고 뒤를 돌아보았다. 그리고도 모자랐는지, 나는 꽤 자주 스페인으로 다시 떠나곤 했다. 그 감정을 찾고 싶어서다. 그렇게 확실한 감정을 가지고 건축을 하고 싶어서. 그래서 나는 일이 잘 풀리지 않을 때면 스페인을 향하거나 그 감정을 상상하려 노력한다. 이 확신이 내 건물에 담기기를.

가끔 그 감정을 찾으려 향하는 스페인은 여전히 나를 확신에 찬 스무 살로 되돌리곤 한다.

旅行(여행)

혹시 '80일간의 세계 일주'라는 책을 읽은 적 있는지는 모르겠지만, 아주 어렸을 때부터 나는 그 책을 읽으며 꼭 나만의 세계 일주를 해보고 싶다는 생각을 했다. 그리고 조금 더 자라 건축가를 꿈꾼 뒤부터는 기차를 타고 오로지 나만을 위한 유럽여행을 두어 달간 해 보고 싶다는 생각을 했다.

그리고 그 일을 진짜 할 수 있게 되었을 때, 대학 합격 이후로 다녀온 스페인 여행만큼이나 큰 감동을 받았다.

한국에서 계획을 세우는 동안에도 참 행복한 여행이었다. 이 예산으로 얼마나 행복한 여행을 할 수 있을지, 얼마나 많은 건축물을 방문할 수 있는지, 계획을 세우는 동안에도 행복했는데, 여행을 출발한 순간에는 얼마나 행복했는지 모른다. 영국으로 직항하는 비행기에 올라탔을 때, 두근거리는 마음을 감추느라 고생했던 기억도 생생하다.

홀로 떠난 유럽. 내 일정은 영국을 지나서, 벨기에부터 기차를 타고 스페인, 포르투갈까지 여행하는 일정이었다. 두 달간 가기에는 빡빡하다면 빡빡한 일정이었지만, 힘든 게 잊힐 만큼 유럽은 아름다웠다. 물론 소매치기를 방지하느라 힘들었고, 가끔은 느껴지는 악취에 고생하긴 했지만 그 또한 잊을 수 없는 경험이었다.

중학교 3학년 즈음 나갔던 진로 대회에, 평소 내가 유럽 건축물을 스크랩하던 것을 자료로 낸 적이 있다. 그땐 이 자료에 있는 곳들을 다 가볼 수 있을까 아득했는데, 이 여행으로 나는 그 상상을 현실로 이루어낼 수 있었다.

중학교 시절 만든 스크랩북의 가장 첫 장을 차지했던 쾰른 대성당을 비롯해 끊임없이 나는 여행을 다녔다. 신에게 닿고 싶었다는 인간의 이기를 끊임없이 느끼고 싶었다. 평소 각국의 전통 건축에 관심이 많았던 만큼, 유적지라 꼽히는 곳들은 다 방문하려고 노력했던 것 같다. 양보다 질인 걸 알지만, 그땐 여길 언제 다시 올 수 있을까 싶어 아등바등 다녔었다. 그 체력은 내 인생에서 가장 뛰어난 체력이지 않았을까.

이 글을 쓰는 지금도, 여전히 그 감정은 잊히지 않는다. 돌아오는 내내 아쉬움에 몇 번이고 비행기 표를 미루고 싶었던 그 순간 느꼈던 각인된 감정들.

나는 그때 환상을 현실로 구현하는 마술사였고, 상상을 지어내는 건축가였다.

쾰른 대성당 Cologne Cathedral, 독일.

광활한 우주에 인간을 담을 그릇을 창조한다.
그곳에서 인간은 역사를 창조한다.

공간이란 우주를,

건축 현장은 바쁘다. 건축주 혹은 바이어와의 미팅을 시작으로, 설계, 시공까지 숨 막히는 몇 개월의 시간이 소요된다. 꼭 수능 치는 고등학생 마냥, 시험 같은 몇 개의 설계도가 만들어지고 보고서가 만들어지면, 건축물이 하나 만들어진다. 수능 성적표 같다고 말하고 싶다.

5년의 대학생활, 3년의 실무 생활, 교환학생과 유학시절을 거치고 돌아온 나는, 공간이란 우주에서 비행하는 건축가가 되어있었다. 전에 꿈꿨던 대로 주택 건축을 주로 하는 건축가가 되어있는 것은 아니었지만, 마천루만을 바라보고 찍어내는 건축가가 되어있지도 않았다. 다행이라고 생각했다. 첫 마음을 지켜내는 것은 언제나 어려운 법이니까 말이다.

보통 주택건축이나 자그마한 상가건축을 선호하긴 하지만, 대형 건축물을 종종 설계하는 일이 있다. 그럴 때면 커피를 마시는 일이 잦다. 신경 쓸 일이 조금 더 있어서다. 대형 바이어와의 작업은 조금 더 각별히 주의할 것이 늘어난다. 작으면 꼼꼼함이 더 필요하지만, 커지면 어쩐지 정신이 더 없다. 그래서 주택 건축이 내게 꼭 맞았던 걸지도 모른다. 어렸을 적부터 발표 하나는 자신 있어 바이어와의 미팅은 제법 자신 있게 해내지만, 베테랑이 되어야하는 나이가 되더라도 여전히 큰 건물은 무너지진 않을까, 걱정이 배가 된다. 자연 앞에선 우리 모두 모래알만큼이나 무력하기 때문이다. 건축을 할수록 우리의 무력함을 배우는 기분이다.

스케치를 하는 순간이 다가오면 괜스레 기분이 좋아진다. 3D 구현 작업도 재밌지만, 여전히 나는 손으로 스케치 하는 순간이 가장 설렌다. 컴퓨터가 등장한 것이 한참 전인데도 여전히 원고지를 사랑하는 작가가 있듯, 나 역시 그러한 걸지도 모른다. 슥슥 스케치하고, 멀리 떨어진 뇌와 뇌 사이의 신호가 연결되는 순간이 가장 살아있는 것 같으니 말이다.

우주는 까맣게 보인다. 비어있지는 않으니, 우리는 그것을 암흑물질이라 부른다. 우주비행사는 암흑물질 사이를 비행해 우주를 탐험한다. 건축가는 사람의 숨결이 돌아다니는 공간을 비행한다. 역사를 담을 비행기이니, 공간을 매만지는 손길은 어느 때보다 조심스럽고 고민스러워야 한다. 모든 행위가 그렇겠지만, 예술은 특히나 더하다. 시대와 역사를 고스란히 담아내기에, 손길이 거칠지 않아야 하는 법이다. 하나를 무시하는 순간, 걷잡을 수 없는 결과가 이어진다. 사람을 품는 건축을 하겠다면, 더욱 많은 신경을 쏟아야 한다.

창조란 쉬이 다가오지 않는다. 아주 오래 전 나는 왜 창의적이지 않을까, 고민한 적이 있다. 해답은 책에 있었다. 책과 논문은 창의적 사고란 뇌를 골고루 사용하는 것이라고, 마감 시간이 임박할 때 그 사고가 가장 잘 일어나는 법이라고 말해주었다. 그래서 그런 걸까. 나는 늘 성실하고 부지런한 사람이 되고 싶은 베짱이로 살아간다. 창문 하나를 배치하는 것에도 꼭 베짱이가 되고 말았다. 채광과 공기의 순환, 건물의 숨통을 결정하는 가장 큰 요소가 창문이니 고민스러울 수밖에 없지만, 늘 주위 사람들은 재촉하고 채근했다. 그렇게 해도 괜찮은지, 종종거리던 후배의 모습이 떠오른다.

숨 막히는 창조의 순간이 끝나면, 걷잡을 수 없이 떠나고 싶은 마음이 자라난다. 얼른 여행을 하러 가라고 재촉한다. 해봤자 여행지의 주 대상은 다른 건축가들의 땀의 산물이다. 그래도 일상을 벗어나고 싶은 것이 인간이다. 일을 하러 돌아온 한국인데, 어쩐지 나의 마음은 떠나라고 한다. 인간의 본성일지도 모른다. 그토록 한국이 그립다고 난리 치던 독일의 대학이 그리운 걸 보면 말이다.

건축가의 일상은 이렇다. 늘 야근에 지쳐 숨이 막히다가도, 수능 성적표 받듯 건물이 지어져 확인하러 가면 다른 의미로 숨이 막힌다. 매번 마감 직전까지 설계도를 붙잡고 머리아파하고, 나는 왜 이렇게밖에 못할까 좌절하다가도, 또 어느새 우주비행사가 되어 공간을 탐험하고 있다.

어릴 적 우주비행사가 되는 상상을 해본 적 있다. 공간을 탐험하는 우주비행사가 되었으니, 절반쯤 이룬 셈이다.

한 조각 나눌 것

사람은 나누고 살아야 하고, 나눌 때 행복하다. 나는 그렇게 믿어왔고, 그렇게 살아가고 있다.

건축가가 되기 위해 끊임없이 달려오는 동안, 내 삶은 퍽퍽하기 짝이 없었다. 대학에서도 시험의 연속이었고, 사무실에서는 야근의 연속이었다. 건축가가 되어 자리 잡고 보니, 이런 삶이 얼마나 무의미한 삶인지 새삼 느낄 수 있었다. 책을 읽고 여행을 다니는 것도 좋지만, 여행을 다니며 배우는 것도 좋지만, 나만 배 부르는 것은 의미 없는 행위였다.

그렇게 무의미한 삶에서 벗어나고자 가입한 곳이 해비타트였다. 어릴 적, TV에서 보며 무엇을 하는 곳인가 궁금했던, 그 단체에 가입한 것이다. 그곳에 가입에 나는 집을 지었다. 설계가 아니라, 진짜 지었다.

방에서 설계만 할 줄 알았던 건축가가 직접 집을 짓는 곳에서 일한다는 건 쉽지 않은 일이었다. 감독만 하던, 집을 짓는데 쓸모 있는 근육이라곤 없는 건축가가 할 수 있는 일이 많을 리 없지만, 당시엔 그렇게 서글플 수 없었다. 아마 어쩌면, 첫 건축사무소에 입사할 때 느낀 필요 없음의 느낌보다 더 강렬했을지도 모른다. 나를 중요한 사람이라고 느끼던 와중에 스스로의 무용함을 깨닫는 것은 상당히 충격적이었다. 그러고 나니 내 선택에 조금 후회가 들기도 했다. 이제 보니 사서 고생이다 싶고, 할 줄 아는 것도 없으면서 무슨 생각으로 가입했나 싶었다. 가입한 직후는, 근육통으로 고생하기도 했다.

하지만 끝내 한 집을 완성했을 때, 건축 설계를 한 것만큼이나 떨리고 또 기뻤다. 근육통을 이기고 완성한 집이 눈앞에 보이는 것이 믿기지 않았다. 내가 새로운 누군가에게 도움이 되었다니, 지쳤던 마음에 벅찬 감정이 피어올랐다. 그 순간이 너무나 행복했다. 봉사를 다니며 만난 이들의 얼굴이 떠오른다. 나는 누군가에게 한 순간일지라도 행복을 전달할 수 있었다. 내가 그들의 얼굴에 미소를 한 번 지을 수 있게 한다는 것만으로도, 내가 하는 행위는 가치 있고 아름다운 행위였다.

지금은 종종 개발도상국에서 적정기술로 집을 짓는 프로젝트에 참여하고 있다. 우리가 없더라도, 집이 무너지더라도, 그들 스스로 일어 설 수 있는 방법을 함께 찾는 중이다. 외관은 수수하지만, 속에 담긴 의미는 결코 수수하지 않다. 평소 만들어내던 세련되고 멋진 건물은 아닐지라도, 많은 이들의 땀과 노력이 모여 만들어진 건물은 세상에서 가장 멋진 것이었다. 나는 그렇게 나누며 많은 것을 배웠고, 배우고 있다.

그렇게 살아가야 한다. 다짐한다. 사람은 나누고 살아야 하고, 건축가는 건축을 나누어야 하는 법이다.

내 집을 짓다

　집을 짓는다는 건, 삶의 역사를 담을 공간을 창조하는 것이다.

　아주 오래 전, 건축가가 되고 싶다 생각한 뒤에 난 늘 내 집을 내 손으로 짓겠다고 다짐했다. 건축가가 되었다면 자신의 집은 꼭 지어야지라는 생각을 가지고 있었던 것이다. 하지만 건축가가 된 후로 난 하루 채여섯 시간도 자지 못할 만큼 바빴고, 많은 이들의 상상을 구현하느라 나의 꿈은 꿀 수 없었다.

　나는 건축가가 되어 건축주의 꿈을 구현하고, 수많은 공모전에 참여하며 힘을 쏟아왔다. 내 손으로 탄생하는 커다란 건물의 외형을 바라보며 감탄해왔다. 상을 받으면 떨렸고, 컨퍼런스에 초대 받으면 감동적이었고, 강의를 하게 되면 꿈만 같았다. 하지만 정작 거기에 나의 것은 없었다. 변명 같지만 그렇게 하루하루 미뤄왔던 꿈이, 건축가를 꿈꾼 지 꼬박 이십여 년 만에 이뤄진 것이다.

　도시에 살고 있었지만 답답한 아파트의 삶은 늘 견디기 힘들었다. 태어나서 대학을 가기 전까지 이십여 년이나 살았던 집은 주택이었고, 난 주택의 나무 향기가 그리웠다. 멀미라도 하는 것처럼, 오래도록 땅에서 떨어져 있는 것 또한 버거웠다. 그래서 내 손으로 집을 짓게 되었을 때, 난 과감히 직장에서 조금 떨어진 곳에 있는 부지에 주택을 지었다. 나의 집을 말이다.

　층고는 조금 높게 했다. 답답한 건 좋아하지 않았기 때문이다. 넓은 공간은 복층 서재를 위해 빼두고, 침실은 조금 작게 만들어 아늑한 느낌을 주었다. 바닥은 짙은 고동빛의 원목으로 했고, 부엌은 탁 트였고, 욕실은 햇빛이 드는 남향으로 두었다. 확신하진 못했지만 여름이면 열매가 열게끔 체리나무를 심고, 커피 한 잔 마실 테라스도 넓게 만들었다. 악기 연주가 자유로울 정도의 방음벽을 설치한 공간도 만들었고, 2층으로 올라가는 계단이 숨지 않고 드러나게 해 밝은 공간으로 만들고자 했다.

아직도 그때 그 감정을 잊을 수 없다. 건축주들이 하루하루 더디게 흘러가는 작업을 보며 초조해하던 감정을 고스란히 느낄 수 있었고, 갑자기 '꽤 진전이 된 것 같다.'고 느껴질 때면 설레기도 했다. 손으로 스케치를 마치고, 삼차원상으로 구현해보고, 집이 지어지는 내내 초조하기도 해 보고. 내 집을 짓기 전까지, 주택 하나에 3개월이면 지어지는데 건축주들이 왜 그렇게 초조해하는지 이해할 수 없었는데, 내 집을 짓기 시작한 순간부터는 그 감정을 너무도 잘 이해할 수 있었다.

그런 감정들과 어린 시절의 다짐을 고스란히 담은 내 집은 처음 내가 꿈꾸던 그때 같이 만들어졌다. 집 옆에 심은 체리나무와 매화, 오렌지 나무는 봄이고 여름이면 계절을 느낄 수 있게끔 꽃이 피고 열매를 맺는다. 마당에서 강아지들은 뛰어논다. 보기만 해도 행복해지는 집이다. 해가 뜨고 지는 모습이 창문으로 고스란히 들어오고, 빗방울이 나무 데크에 떨어져 타닥거리는 소리가 생생하게 들려온다.

집을 짓는다는 건, 내 삶의 무대를 만드는 것과 같다. 그렇게 나는 오로지 나만을 위한 무대를 만들었다.

나를 닮은 나의 첫 글

내가 건축가가 된 이후로 가장 감동적인 순간을 하나 꼽자면, 내 손으로 내 책을 처음 낼 때이다.

"건축가로서 책 한 권 내 보는 게 어때요?"
"글쎄요……. 내가 그렇게 대단한 건축가도 아닌데."

내가 내 손으로 책을 출판할 수 있을 거라고는 한 번도 생각해 본 적이 없었기 때문에, 건축가로서의 나에 대한 책을 내보자는 연락이 왔을 때는 정말 꿈만 같은 상황이었다.

이때까지 나는 건축가로서 열심히는 해 왔다고 생각하지만, 그렇게 대단한 건축을 해 왔다고는 생각하지 않아서 막상 글을 쓰려 할 때는 참 오래도록 고민했다. 대단한 견문을 가진 사람이 아니기 때문에 무언가에 대한 평가를 내리는 것도 부끄러웠고, 그렇다고 내 건물에 대해 평가를 내리자니 무뚝뚝하기 그지없는 건축가가 스스로에게 칭찬을 내리는 것도 부끄러웠기 때문이다. 이태도록 해 온 것이라곤 여행과 건축밖에 없는 사람이라서, 내 글이 어떻게 보일지도 부끄러웠던 것 같다. 그런 마음을 제자들에게 말했을 때, 그들이 내게 용기를 주었다. 교수라는 사람이 제자들에게 용기를 얻다니, 참 고맙고도 부끄러운 순간이었다.
초고를 쓰려고 문서창을 열었을 때가 떠오른다. 오래전부터 좋아하던 글쓰기와 건축을 한 장에 이루어내는 순간이었는데도 얼마나 고민했던지 그 시간들이 아득하다. 아주 오래전에 건축가들이 낸 책들을 읽으며 막연히 나도 저렇게 글을 쓰고 싶다는 생각을 했었는데, 정말로 글을 쓰게 되었다니. 글을 잘 쓰는 건축가가 되어 보라던 어머니의 말씀이 글을 쓰는 내도록 나를 지배했다.

이미 책이 나온 지금, 과연 독자들은 내 글을 어떻게 읽었을지 참 궁금하고도 무서워진다. 한 번도 그에 관한 글을 읽어 본 적이 없어서일지도 모른다. 읽어본 적 없는 이유라면, 겁쟁이라서 그에 관한 글을 읽기 무서웠다고 해야겠다. 돌이켜보면 책을 출간할 때의 감정은, 첫 건축을 설계도에 그려 건축주에게 보여주었을 때보다 더 두근거리는 감정인 것 같다. 나의 글과 건축을 누군가에게 보여주고 내어준다는 건, 아마 영영 익숙해지지 못할 감정일지도 모르겠다.

어릴 적 나는 자신이 없었고, 학생이 되어 그저 꿈꿀 수밖에 없어 지쳤고, 어른이 되고는 더 큰 벽에 가로막혀 힘들다는 생각을 종종 했다. 하지만 나는 내 꿈을 현실로 구현하는 마술사 같은 건축가가 되었다. 그런 나를 돌아보며, 글의 마침표를 내릴 지금 이런 말을 전하고 싶어진다.

이 글을 읽는 이들이 하루하루를 자책하지 않길 바란다. 나는 어떤 방식으로도 한 걸음 한 걸음 나아가고 있다고, 스스로를 안아주는 사람이 되면 좋겠다.

후기

　고등학교 2학년을 마치는 내내 겪었던 감정들이 고스란히 남아있는 글들이 책이 된다고 했을 때, 참 신기했던 것 같다. 언젠가 작가로 활동하고 싶다는 생각을 하긴 했지만, 이렇게 일찍 그 꿈이 이뤄질 거라곤 생각하지 못했기 때문이다.

　나는 건축가가 되고 싶다는 지금의 꿈이, 진짜 미래에 이뤄질지 여전히 미지수인 현재를 살아간다. 시험 하나하나가 내 미래를 정하는 척도인 것만 같아 힘들기도 하고, 정해진 것 없어 막막하기도 하다.

　그런 나를, 이 글들이 여러모로 잡아주었다고 생각한다. 몇 번의 퇴고를 거치며 다시 읽고 또 읽었을 때, 잃어버린 방향을 다시 설정하게 도와주었다.

　책쓰기란 내게 그런 것이었다.

가장 아름다운 순간

花樣年華

글 · 그림 신선경

illusion ： 환상

옥돌 선(珗) 깨달을 경(憬)

할아버지께서 첫 손녀에게 지어주신 하나뿐인 이름

나의 열정으로 세상이 변화하는 기적을 꿈꾼다.

기적은 노력의 또 다른 이름이라 믿기에

열여덟, 가장 푸르고 찬란하게 열정을 수놓는다.

prosecutor_ sk

內容

뜨거운 태양의 정열로 세상을 사랑하고

창공처럼 푸르게 예술처럼 아름답게 대지를 수놓고

선경에서만 영겁을 누린다는 신선과 같이

속세에 태어나 인간을 제도하듯

물질문명에만 찌들린 온 누리에

부패를 방지하는 소금이 되고

인생을 풍부하게 하는 과실이 되어

은은한 향기로 인간을 살찌워 새 천지를 밝히는 등불이 될

한 사람, 신 선경

자신감

'내 자신에게 스스로 떳떳할 수 있는 사람,
누구에게도 비굴하지 않고 당당할 수 있는 사람' 들은
모든 이들이 부러워하는
아름다운 삶을 살아가고 있다.
그런 이들에게 아름다운 삶을 선물해주는
산타 할아버지이자
삶을 살아감에 있어 어떤 어려운 상황에 부딪히든,
어떤 힘든 도전 앞에 놓이든 헤쳐 나갈 수 있는 원동력은
바로 자신감이다.

내가 바라는 이상향, 가치대로 행동할 수 있도록
당당하고 솔직하게 나를 표현하는
삶을 살아갈 수 있게
스스로 먼저 도전하고 실천하는 사람이 되어야 한다.

Dream don't work unless you do

고마움

2009년 5월 21일 나는 그 눈 떨림과 환희를 잊지 못한다. 9살 철모르고 행복할 시기, 우리집에는 예쁜 꽃이 하나 피어났다. 그 꽃은 바로 내 동생 '신 나라'이다.

나는 어릴 적 왜 그리 아기들이 좋았는지 모른다. 유모차에 있는 아기만 보면 조르르 달려가 "와 진짜 이뻐! 엄마 나도 동생 낳아주면 안돼요?" 하기 일쑤였으니 말이다. 그러던 어느 날 나는 엄마의 동생 임신 소식을 듣게 되었다. 아마 그 소식을 듣자마자 한 일은… 훌라 댄스 추기였을 것이다!! 훌라 댄스가 뭐냐함은 짱구에 나오는 엉덩이 부리부리 댄스이다. 지금 내가 생각해도 참… ㅋㅋ

내가 동생의 태명을 지었는데 내 동생의 태명은 '대박이'이다. 항상 하는 일마다 대박 나서 행복하고 기쁠 수 있도록 하기 위해서 대박이라 지었던 것 같다. 내 동생 대박이는 뱃속에서부터 우량아였다. 그래서 엄마가 출산 예정일보다 일찍 낳으셨는데도 불구하고 정상 체중을 훌쩍 넘어 태어났다. 세상에 빛을 보고 소리를 듣기 시작한 나의 동생의 이름은 '신 나라'로 할아버지께서 지어주셨다.

이 이름은 나라를 너무 잘 표현할 수 있는 이름이라 생각한다. 나라가 어릴 때 병원을 가면 의사선생님께서 엄마께 항상 나라를 많이 먹이지 말라고 하셨다고 한다. 그 정도로 통통했던 나라는 장난꾸러기 3살, 미운 4살, 호기심쟁이 5살 그리고 6,7살까지 통통하니 깨물어 주고 싶을 정도로 귀엽고 꼬마 악동같이 굴 때도 있었지만 천사같이 하얗고 순수하고 너무 예뻤다. (지금은 더 의젓하고 똑똑한 내 동생이다.)

나라의 어린이집과 유치원에서 재롱잔치를 하는 날에 나라는 너무 사랑스러운 천사였다. 귀여운 엉덩이를 씰룩씰룩거리며 흔들고 손도 요리조리 찌르는데 진짜 말로는 절대 표현이 불가능하다. 그렇게 나라는 태어나서부터 지금까지 항상 우리집에서 귀염둥이를 담당하고 있다. 나도 그리고 부모님도 우리 가족 모두 다 나라가 없는 집은 상상할 수 없을 정도로 나라는 우리 가족에게 너무 소중하고 우리집에서 행복 그 자체라고 봐도 무방하다.

내 동생이 어렸던 시기, 나도 역시 어렸었다. 내가 엄마 옆에 누워서 껴안고 있으면 그 사이를 파고 들어와서 찡찡거리며 "언니 비켜 ! 우리 엄마란 말이야! 언니 엄마 아니고 내 엄마라구!" 전혀 맥락도 맞지 않는 말을 하는 그 모습이 얼마나 미워 보였는지. 또 한 번은 소파에 앉았다가 동생의 발에 내 머리가 대였는데 그거가지고 엄청 혼을 낸 적도 있고 동생이 볼펜을 빌려달라고 하면 "안 되는데? 지금 내가 쓸 건데?" 이러면서 양보도 안 한 적도 있다. 별것도 아닌데… 그땐 나도 참 어렸다. 이런 속 좁은 언니를 동생은 다 이해하고 받아주었다. 얼마나 고마운지 모른다. 나라야! 너에게 의지가 될 수 있는 언니가 될 수 있도록 앞으로 더 노력할게. 사랑해!

꿈꿈

전일제에서 검찰청을 가게 되었다. 전일제 커리큘럼에 '검사와의 만남'이 있다는 것을 알고 기대하면서 신청을 했다. 신청 당시 같은 셀 친구와 난리 호들갑을 떨어서인지 주변 친구들이 제발 조용히 좀 하라고 짜증을 냈었다. 전일제 전날과 당일 날은 덤덤하게 들어가려고 했지만 전날이 되니 더 떨리고 긴장되면서 내일 어떤 일이 있을지 무수한 상상만 둥둥 떠올랐고 막상 당일이 되니 너무 설레서 준비하다가 몇 번이나 필요한 물건을 놓고 갈 뻔했다.

마음 한켠에는 걱정을 담아둔 체 긴장감이 최고조가 되어 검찰청 앞에 도착했다. 검찰청은 신식건물도 으리으리한 건물도 아니었지만 약간 낡은 외부의 모습은 검찰청의 노련함을 보여주는 것 같았고 뿜어져 나오는 아우라는 권위적이었다. 검찰청은 생각보다 복잡한 곳이었다. 내부구조도, 직급체계도, 활동부서도 단순한 것이 하나 없었다. 마치 한 조각들의 퍼즐 같았다. 모두 세세하게 나누어져 있고 그들은 그들만의 역할을 가지고 있다. 그래서 어떤 하나라도 없다면 결국 작품이 완성되어지지 않는 그런 퍼즐 말이다. 각각 떨어져서 보면 작은 하나의 부서, 직급, 사소한 일들일지도 모르지만 그러한 작은 하나들이 모여 커다란 하나의 작품, 퍼즐을 만들어내는 것 같다는 생각을 했다.

본격적으로 견학하면서 검사님의 수업을 듣고 검사님께 질문도 했다.

"검사들은 어떤 부서에서 일하게 되나요? 지원도 가능한가요?"

와… 진짜 질문할 때 목소리가 벌벌 떨렸다. 내 앞에 계신 분이 진짜 검사님이고 미래의 선배가 될지도 모르는 분께 질문이라니… 정말 기분이 째졌다. 검사선서가 벽에 걸려 있었는데 너무 멋있어서 사진도 찍어 왔다. 지칠 때마다 초심이 흐트러질 때마다 검사선서를 읽고 있다.

다음으로는 수갑이나 진압용인 캡사이신이 든 총도 보고 전기 충격기, 방탄복 등 TV에서만 보던 것들을 체험해 보았다. 수갑이 TV에서 보던 것과 달리 뻑뻑해서 손목에 잘 들어가지 않았고, 실제로 손목을 때리면서 넣으면 피멍이 든다고 방송에서 보여주는 것은 잘못된 예라고 했다.

가장 신기했던 곳은 우리가 흔히 방송에서 범인들이 삭제한 자료들을 복구하고 CCTV를 확인하는 디지털 관련 수사부에 갔던 것이다. 실무관께서 말씀해주시기를 실제로 압수 수색할 때는 영장이 발부되어도 물건을 가져올 때 물건 주인에게 '이거 가져가겠습니다.' 하고 그 물건에 번호를 일일이 적어서 확인시켜주고 가져와야 해서 TV에서 보던 '다 담아!' 이런 것은 불가능하다고 말해주셨다. 이 말을 하실 때 강연장에 있었던 동아리 친구들이 모두 웃음이 터졌다.

마지막에는 검찰청에서 선물도 나누어 주셨다. 검찰청 로고가 새겨져 있었다. 공부하다 지칠 때마다 검찰청 로고를 보면서 힘도 얻고 마음도 다지기 위해서 선물을 책상 위에 올려놓았는데 많은 도움이 되는 것 같다.

유익한 것을 많이 보고 배우면서 검찰청 견학은 끝이 났다. 그동안 수많은 전일제를 가봤지만 그날만큼 보람차고 내가 원하는 지식을 얻은 적은 없었던 것 같다. 행복했고 앞으로 내 꿈을 향해서 더 열심히 노력하는 사람이 되어야겠다고 다짐하는 계기가 되었다.

Dongmoon moot court

DMC

배움

2018년 내 모교인 동문고등학교에서는 제 3회 동문모의법정이 열렸다. 나는 이 모의법정의 총 책임자가 되었다. 내가 일년동안 이 활동만 기다려 왔다는 사실은 우리 동아리 친구들이라면 다 알것이라 생각한다!

작년 모의법정에서는 심사위원으로 참여했었다. 작년 2회 모의법정활동에서 아쉬웠던 점, 그리고 부족했던 점을 보완해서 이번 활동을 기획했다. 그 어떤 모의법정보다 가장 알차고 도움이 되길 바라는 마음으로 말이다. 일단 작년과 달라진 나의 계획을 소개하자면 바로 ' 형 사 법 정 '이 있다는 점일 것이다. 올해는 민사법정만 두 개를 했던 작년과 다르게 형사 제 1법정과 민사 제2법정으로 진행하기로 했다. 형사법정을 진행하기로 플랜을 짜고 활동의 총괄위원으로 참여하는 동아리 친구들과 함께 하나씩 구체적으로 준비하면서 사실은… 포기하고 싶을 만큼 어려운 점도 너무 많았다.

일단 내가 판을 너무 크게 벌린 것도 있다. 다른 모의법정들과는 차별화를 두겠다는 생각으로 사건현장을 만들고 최대한 실제 법정과 비슷하게 하고 싶다고 생각해서 배심원들도 넣었으며 평결서, 공판준비서면, 변본요지서 등등 되게 많은 부분을 작년과 다르게 진행하는 바람에 거의 처음부터 새로 짜는 수준이었다. 덕분에 나뿐만 아니라 함께해 준 친구들이 정말 힘들었을 것이다.

사진들은 친구들이 직접 꾸민 사건현장의 사진이다. 칼부터 폴리스라인, 시체 선 따는 것까지 하나하나 세심하게 준비해 준 운영위원장, 총괄위원, 운영위원 친구들에게 너무 고맙다.

이런 수고 덕택에 모의법정은 원활하게 개최될 수 있었다. 법정 선생님께서도 정말 잘 된 것 같다고 말씀해 주셔서 정말 뿌듯했고 무엇보다도 참여해주는 친구들이 열심히 준비해 주는 모습을 보여서 무엇보다도 고마웠다.

처음에 준비하면서 과연 애들이 많이 신청할까? 모의법정이라는 말에 되려 겁 먹고 신청 안 하는 거 아닐까? 걱정했는데 도전정신이 투철한 동문 친구들이 함께해 줘서 너무나도 즐거운 법정이 되었다고 생각한다. 그리고 민사법정을 살짝 얘기해 보자면 내가 심사를 보면서 너무 날카롭게 질문을 했는지 변호사 역할을 맡았던 친구 한 명이 내 질문을 받고 울음을 터트렸다. (사실 나 때문이 아니라

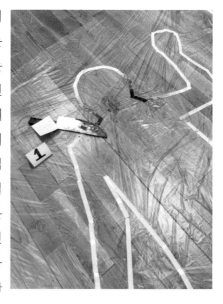

고 믿고 싶다. 다른 친구나 그 답답한 분위기 때문이었으면 좋겠다.) 정말 너무 미안했고 모의법정이 끝난 후에 잘 풀려서 다행이라고 생각한다. 이렇게 나의 모의법정은 끝이 났다. 다른 모의법정도 나가보고 싶지만 시간이 안 되서 너무 속상하다. 하지만 앞으로도 좋은 기회가 있을 것이라 생각하고! 성공적으로 마친 동문 모의법정에 자부심을 가진다. 마지막으로 이 글을 빌려 친구들에게 고마운 마음을 전하고 싶다.

"진짜 너무 힘들었을 거 알아. 같이 으쌰으쌰 해주고 많이 도와줘서 너무 고마워. 진짜 덕분에 해낼 수 있었고 너네가 없었다면 해낼 수 없었을 거야. 성공적인 모의 법정은 모두 너네 덕이야. 정말 고맙다!"

발돋움

    2016년 내가 중학교 3학년이었을 당시 처음 검사라는 꿈을 가지게 되었다. 검사라는 꿈을 가지고 나서부터 예일대에서 공부하는 것이 꿈이었다. 예일대는 전 세계에서'법에 대해 제대로 깊게 배워보고 싶다'라고 생각하는 학생들이 모인 곳으로 나 역시도 마찬가지였던 것 같다. 국내에서 외국에 있는 대학교를 가기에는 무리가 있어 결국 국내대학교에 진학하게 되었지만, 내 마음 한 편에는 예일대에 가고 싶다는 생각을 여전히 간직하고 있었다. 그랬던 내가 예일대 교환학생에 선정되어 이곳에 오게 되었다. 나는 아직까지 듣고 있는 수업과 거닐고 있는 예일 캠퍼스가 현실인지 꿈인지 분간이 가지 않는다. 새로운 다국적 친구들을 만날 때도, 어렵다는 수업을 듣고 그 힘든 과제를 해도 입꼬리가 귀에 걸려 내려오지 않는다. 이게 바로 진짜 내가 배우고 싶었던 공부니까 말이다. 요즘은 공부하는 게 즐거울 정도다!!

    내게 교환학생은 처음 있는 일이라, 어떤 절차로 신청하는지 무엇이 필요한지 잘 몰라서 어색하고 미숙한 부분들이 너무나도 많았다. 예를 들면, 나는 신청서를 행정부가 아닌 교수님께 냈다가 교수님이 "나는 추천서를 쓰는 사람이지, 받는 사람이 아니야."라고 하시면서 껄껄 웃으신 사건도 있고, 면접을 어떻게 보는지 몰라서 4개 국어로 준비하는 등 지금 생각해 보면 너무 웃긴 사건도 있었다. 하지만 사실 준비하면서 될 수 있을까 잠들지 못한 적도 많았고 매일 일기장에 푸념만 한가득 적어 놓곤 했다. 왜냐하면 후보들이 너무 쟁쟁했기 때문이다. 5, 6개 국어를 하는 언어학과 친구들도 지원하고 해외 관련 스펙이 짱짱하다고 소문난 선배가 "아, 나 이번에 예일 간다."는 말을 하곤 해 더 긴장하고 있었다.

아, 추억을 회상하다 보니 면접을 보러 갔던 에피소드가 생각난다. 이번 교환학생은 면접이 60%라서 면접이 정말 중요했다. 그래서 나는 면접을 잘 봐야겠다는 일념 하나로 4개 국어를 준비했다! ㅋㅋㅋ 한국어, 영어, 중국어, 스페인어 이렇게 말이다. 그런데 면접장에 갔더니 처음부터 끝까지 영어만 하다 나왔다. 그때의 허무함… 이루 말할 수 없다. 그리고 면접 날 얼마나 떨었는지… 사실 나는 떨지만 않으면 실전에 강한 스타일이다. 그런데 그날은 너무 떨어서 면접내용은 기억 안 나고 그날 아침에 내가 했던 실수만 기억난다. 그날 토스트를 굽는다는 게 토스트기에 누텔라를 집어넣어서 룸메이트에게 혼이 났고 고데기를 한다면서 전원을 꼽지 않았으며 신발을 신는다고 정장에 운동화를 신었었다. 정말 … 상상만 해도 너무 웃기다.

이랬던 내가 결국 면접에서 합격하고 지금은 예일대의 교환학생이다. 심지어 교수님들도 나를 칭찬하시고 이번 과제에서는 A^+를 받았다! 요즘 하루가 너무 행복해서 꿈이 아닐까 걱정이 되기도 하지만 그것마저 고민할 시간 없이 바쁘게 배우고 익히며 시간을 보내는 중이다.

오기 전 한국에서 지금 이 순간들을 꿈꾸고 있었을 때는 뒤처지거나 내가 허점이 너무 많아서 한국의 이름에 먹물 한 방울이라도 튀게 할까 봐 필수서적을 읽고 어떤 강의가 있는지 찾아보고 하루하루를 걱정의 설렘과 함께 보냈던 것 같다. 그때 내가 했던 노력이 헛되지 않게 앞으로의 하루를 보내야겠다.

새로움

 나는 재작년 3월에 로스쿨을 졸업하고 서울중앙지검에 발령받아 지금 현재 서울중앙지검 특수부 소속 검사로 일하고 있다. 처음에 발령받으면서 지금 검사직에 계시는 선배들에게 조언을 듣고 여러 검사 관련 책을 읽으면서 검사라는 직업에 대해서 배경지식을 깔고, 예일대에서 배워온 지식을 통해 진정한 검사의 길을 걸어가리라 다짐했었다. 그런데 검사의 길이란 정말 녹록지 않다.

 많은 사람들은 영화나 드라마에 나오는 검사들의 일상 그리고 멋있는 사건 해결들을 보며 검사라는 직업에 대해서 상상을 키운다. 나 역시도 첫 시작은 그러했었다. 멋있는 검사들을 보며 나도 나중에 커서 저렇게 멋있게 범죄자들을 처벌해야겠다고 생각했었기 때문이다. 하지만 검사라는 직업은 정말 '임수빈 검사님'이 책에서 하신 말씀처럼 고독을 먹고 사는 존재라는 것을 알게 되었다. 나는 아직 검사를 경험한 지 2년도 채 되지 않았지만 매일매일 방에 틀어박혀서 자료를 읽고, 읽고, 또 읽고,

법전을 읽고, 읽고, 읽고… 나는 이제 '멋있는' 검사님들이 왜 '자장면'만 먹는지 이해하게 되었다.

초임검사란 원래 이런 것인가, 밥 한 끼 제대로 밖에서 근사하게 먹을 시간이 없다. 매일 하루하루가 출근해서 서류보고 현장 나갔다 오고 사건 파일 들고 회의 한번 하고 나면 벌써 해는 어둑어둑해지고 밤 12시가 넘어가는 시간이다. 집밥이 그리워질 것이라고 고등학교 때는 아니 대학교 때까지만 해도 몰랐는데… 여 검사 선배들이 항상 내게 푸념하신다. 우리 보고 시집가라면서 왜 일을 이렇게 많이 시켜 연애도 못하게 하냐고… 나는 요즘 두렵다 나도 그렇게 될까 봐. 엄마한테 이번에 내려간다고 말씀드렸는데 내려갈 수 있을까.

나도 자장면 말고 집밥이 먹고 싶다!
아니 집밥은 바라지도 않는다. 파스타라도 먹어보자!!!

이룸

2054년 10월 24일.

내가 서울중앙지검의 검찰총장으로 발령받아 가는 날이자 내 취임식이 열리는 날이다. 나는 스스로 그 누구보다 나라를 위해, 국민을 위해 열심히 일했다 생각한다. 그 어떤 청탁도 없이 청렴함을 모토로 일했고, 어떤 부서이든 간에 강자와 약자에게 똑같은 법률이 적용될 수 있게 하기 위해서 최선을 다해 노력했다고 자부한다. 그랬던 나에게 드디어 꿈같은 일이 일어났다. 검찰청장으로 발령받은 것이다. 이보다 감격적인 일이 또 있을까. 내 인생의 최종목표를 이룬 셈이다.

사람들은 이렇게 말한다. 권력을 쫓는 자는 허영되다고. 하지만, 나는 그 말을 믿지 않는다. 특히 검사라는 직책에 대해서는 말이다. 왜냐하면 약자를 지켜준다는 것은 약자를 지켜줄 수 있는 위치와 권력을 가졌을 때 지킬 수 있는 약속이기 때문이다. 나는 드디어 내가 궁극적인 목표로 삼았던 약자와 소수가 소외되지 않는, 법 앞에서는 모든 사람이 공정하고 공평할 수 있는 사회를 만들 수 있는 권력과 힘을 가지게 되었다. 나는 이 권력과 힘을 허투루 사용하지 않고 진정한 의미로서만 사용할 것을 다짐한다. 권력과 힘에 대한 좋지 않은 인식은 대부분의 사람들이 이것들을 가졌을 때 부패하기 때문이다. 하지만, 나는 누구보다 정직하게 사회를 가꿀 자신이 있기에 너무나도 당당하고 떳떳하다. 앞으로도 이 한 몸을 바쳐 국가를 위해 일하고 싶다.

후기

　하늘 아래 완벽한 타이밍은 존재하지 않는다. 그런 불완전한 시간속에서 나와 함께 하며 내게 의미 있는 하루를 선물해주는 모든 이들에게 감사하다. 내가 지금 이 자리에서 살아갈 수 있게 해준 나의 중력들인 나의 사랑하는 가족들, 그리고 지금 내 곁에 있는 친구들 무한한 감사와 함께 사소하게 지나쳤던 미안함을 전하고 싶다.

　책을 쓰면서 조금 아쉬운 점은 중력을 벗어던지고 하늘로 훨훨 날아가는 마지막은 적지 못했다. 아직 중력을 탈출하고 싶은 마음이 없기 때문이다.

　떨어지지 않는 낙엽, 짜지 않은 바다처럼 굴곡 없는 삶은 없지만 걱정 많은 낙관주의자인 나는 자서전에 행복한 미래만을 점쳤다. 내가 친 점이 미래에 모두 이루어지길 바라며 이 책을 마무리하려 한다.

　만약 내가 갈 때가 된다면 천상병 시인의 귀천처럼
　생이 소풍을 온 것 같이 아름다웠다고 말하고 싶다.

내 인생을 제안하다

propose

WRITING/PHOTO 정가현

정 가 현

건축가라는 장래희망을 가지고 되기까지
많은 방해물이 있었음에도 불구하고
나 자신을 믿고 열심히 노력해서 꿈을 이룰 수 있게 되었다.

꿈은 건축가가 되어 어려운 사람들을 도와줄 수 있고
친환경적인 건축을 하는 것인데 이러한 요소들로 인해
항상 미래 건축에 큰 발전이 있기를 바라면서 살아가고 있다.

인생에서 나의 모토는 건물을 짓는 것처럼
꾸준히 한 가지 일에 최선을 다하는 것이다.
그리고 그랬을 때 가장 좋은 결과를 얻을 수 있는 것은
누구나 다 아는 사실일 것이다.

발전

발전한다는 것은 누구에게나 쉽지 않다.
당신은 현재 무언가를 발전시키고 있는가?
이렇게 묻는다면 당신의 대답은 무엇인가?
물론 선뜻 대답하기 애매할지도 모른다.
하지만 나는 이러한 애매한 느낌이 자신을
긍정적으로 변하게 만드는 것이라고 생각하고
이로써 발전이 생기는 것이 아닌가 싶다.
나는 이러한 긍정적인 변화가 좋고
현재 끊임없이 발전하는 중이다.

이유

　사실 나는 중 2때만 해도 아직 진실성 있는 진로를 가지지 못했다. 그래서 매번 학교에서 장래희망을 적을 때가 있으면 '화가'나 '선생님'과 같은 걸로 채우곤 했다. 나는 미래가 불투명한 게 너무 답답하고 싫었다. 그래서 하루라도 빨리 나의 장래 희망을 가지고 싶었다. 그래도 다행이었던 것은 지금 마침 이 시기가 '진로와 생활'이라는 과목을 배우는 시기였기 때문에 진로 적성 검사도 많이 해볼 수 있었고 나의 미래에 대해서 조금이나마 진지하게 생각해 볼 수 있는 시간을 가질 수 있었다.

　나는 진로 적성 검사에 가장 관심이 많았다. 그래서 검사한 후에 적성에 맞는 직업을 보면 나의 장래희망을 쉽게 찾을 수 있을 것이라고 생각했다. 그런데 생각보다 그건 쉬운 일이 아니었다. 왜냐하면 나는 내가 뭐가 되고 싶은지 정확하게 정하지는 못했지만 그래도 이런 것은 하고 싶지 않다는 나만의 가치관이 있었기 때문이다. 그래서 이러한 가치관이 진로를 정할 때는 매우 걸림돌이었지만 지금 와서 생각해 보니 그러한 나의 가치관 때문에 내가 지금 건축가가 되어 여기까지 오지 않았나 라는 생각이 든다.

　이러한 가치관으로 나는 여러 가지 직업들을 하나씩 쳐내갔다. 그러다가 어느 날 나는 건축가와 관련된 다큐멘터리를 우연히 한 편 보게 되었는데 그 프로그램 속 건축가가 하는 일이 너무나 매력 있고 멋있다고 생각했다. 사실 이 직업은 내가 관심을 가지게 됐을 때 나에게는 조금 익숙하지 않았다. 그런데도 그 직업 자체에 관심이 갔다는 것은 정말로 내가 건축가가 되고 싶었던 결정적인 이유가 아니었나 싶다. 그런데 내가 방금 이 책에서 건축가가 되고 싶었던 이유에 대해 아주 분명하게 말했지만 그 당시 주위 사람들 중 몇몇은

"고작 TV프로그램 하나를 보고 그렇게 쉽게 생각하면 안 된다."

"건축가는 여자가 하기에는 안 맞아."

라고 말하는 사람들이 있었다. 하지만 나는 그 프로그램 하나만 보고 "나는 건축가가 될 거야."라고 한 것은 아니다. 그러니까 그 프로그램은 내가 뭐가 되고 싶은지에 대해서 감을 잡게 해준 수단이라고 할 수 있는 것이었다. 나는 그 이후에 건축가라는 직업에 매력을 느껴 건축가에 관련해서 조사도 제대로 해보고 다른 프로그램도 찾아보고 학교 도서관에서 건축가에 관련한 책도 찾아 읽었다. 그러다 보니 정말로 건축가를 장래희망으로 가지게 된 것이다.

나의 노력

노력이란 정말 좋은 것이다. 내가 무언가에 더 관심을 가지게 만들고 관심을 가지게 되면 더 잘하게도 만들어 주기 때문이다.

그렇다면 당신은 지금 무슨 노력을 하고 있습니까?

지금 이 질문에 막힘없이 대답할 수 있다면 당신은 아마 엄청 훌륭하고 구체적인 미래가 있을 것이고 이 질문에 멈칫거리면서 생각을 한다면 구체적인 미래를 가지기 위해 아주 열심히 생각하는 중일 것이다. 나는 이 중에 전자라고 말할 수 있다. 나는 건축가가 되기 위해 많은 노력을 했다. 물론 현재도 하고 있는 중이다. 학교 도서관에서 관련 도서를 찾아 읽거나 정말 마음에 드는 도서가 있으면 구입한 후 몇 번씩 읽기도 했다. 책도 정말 노력하는데 엄청난 도움을 준다. 지금 이 책을 비롯하여 내가 읽은 몇 가지 건축에 관련한 책을 소개해주고 싶다. 물론 나와 같은 진로를 가진 사람들 중에 벌써 읽어 본 사람도 있을 것이다. 만약 자신이 그렇다면 부디 반박하지 말고 공감해주길 바란다.

먼저, 이 건축가는 모르는 사람이 없을 정도로 유명하다. 바로 안토니 가우디이다. 이 건축가의 책으로 '가우디 공간의 환상'이라는 책이 있다. 이 책은 안토니 가우디가 지은 역사적인 건물에 대해 소개해주는 책이다. 나는 특히 스페인에서 최초로 노동자가 소유하는 공장에 대해 가우디가 힘을 많이 썼다는 것에 대해서 되게 존경스럽고 대단하다고 생각했다. 그리고 가우디가 한 말 중 정말 인상 깊은 말이 있다.

"안정성은 건축의 일부이지 전체가 아니며 안정성만을 요구하지 않는다."

나는 이 책을 읽으면서 생각했다. 물론 건축에서 안정성은 기본이지만 안정성이 전체가 되지 않는 예술적이고 독창적인 새로운 도전을 많이 하는 건축가가 되어야겠다고 말이다. 그리고 안토니 가우디만큼 나에게 영감을 준 또 한 명의 건축가가 있다. 바로 르코르뷔지에이다. 나는 르코르뷔지에의 '작은 집'에 대해서 읽었다. 이 책은 정말 아름다운 책이다. 왜냐하면 책 제목인 '작은 집'은 르코르뷔지에의 마음의 고향이라고 할 만큼 소중한 것인데 이것에 대해 르코르뷔지에의 추억과 건축적 가치관이 너무 아름답다고 생각했기 때문이다. 그리고 또한 이 책을 통해 르코르뷔지에가 자신의 작품을 반복 해석하면서 이미 일어난 일들에 대한 자각을 진보의 밑거름으로 삼았다는 것을 알게 되었는데 나는 이와 같은

점을 건축가에서만 바라보기보다는 나의 생활 속에서도 이러한 순환이 잘 반복되도록 노력해야겠다고 다짐했다.

또한 나는 '건축, 인테리어 스케치 쉽게 따라하기'라는 실전용 책도 하나 구입해서 봤다. 이 책도 그냥 어떠한 건축가에 대한 스토리를 풀어나가거나 건축이 무엇인지 정의내리는 글 형식의 책만큼이나 좋고 오히려 또 다른 좋은 점도 가지고 있다. 이 책에 대해서 조금 더 자세하게 소개를 해보자면 우선 스케치를 할 때 상황에 따라 필요한 재료들에 대해 언급하며 도입하고 난 후 본격적으로 여러 가지 주제에 따른 인테리어 조형물들을 관찰하는 힘을 기르게 하여 좀더 쉽게 스케치를 할 수 있게 도와주는 순서로 이루어져 있다. 물론 다른 책도 마찬가지겠지만 이 책은 한 번 다 보고 나서 또 봐도 볼 때마다 새롭게 느껴질 수 있는 책이다. 무엇보다도 중요한 것은 내가 경험해볼 수 있다는 것이다.

나는 또한 고등학교 때 동아리 시간에 건축 관련 활동을 했다. 동아리

이름은 BEAM이었는데 나는 그 중 A(Architecture)셀에서 활동하였다. 동아리에서 했던 활동 중 가장 기억에 남는 활동으로는 건축 모형물 만들기였다. 재료가 나무 키트였기 때문에 모형물이 완성될수록 점점 안정성이 높아졌고 겉으로 보기에 너무 아름다웠다. 이것을 만들 때 선배들이랑 친구랑 함께 총 4명이 하나의 예쁜 성을 만들었는데 생각보다 시간이 오래 걸렸다. 사실 매주 동아리 시간 2시간씩만 만들어도 가볍게 다 만들 수 있을 줄 알았는데 이 생각은 오산이었다. 이를 통해 '건축 모형물 만드는데도 많은 시간이 걸리는데 실제 건축물을 지을 때는 얼마나 오랜 시간이 필요할까'라는 생각을 해볼 수 있게 되었고 역시 쉬운 일이 절대 아니라는 것을 느꼈다.

이렇게 쉽지 않다는 것이 나에게는 더 매력 있게 다가온 탓인지 건축 모형물을 다 만들고 나서도 되게 많은 시간들을 내서 만들었지만 끝났을 때의 그 쾌감과 완성된 모형물의 아름다움에 마음을 빼앗길 수밖에 없었다. 나는 이렇게 많은 노력을 했다. 사실 다른 사람 중에서 이 글을 보고 동의하지 않을 수도 있을 것이다. 하지만 나는 당당하게 말할 수 있다.

건축가가 되고 나서

대학 졸업한 지 4년이 된 지금은 2027년이다. 나는 27살이 되었고 어느덧 번번한 직업을 하나 가지게 되었다. 매일 설계도를 그리고 보면서 건물을 직접 구상하는 나는 건축가이다. 건축가가 되고 나서는 길을 걸을 때마다 보이는 여러 채의 건물들이 왠지 다르게 느껴진다. 사람들이 자고, 먹고, 일하는 여러 가지 생활들이 이루어지는 공간을 내가 직접 설계할 수 있다는 것에 대해 왠지 모르게 자부심도 느껴지고 더 열심히 건축해야겠다는 생각도 들기 때문이다.

그래서 나는 현재 새로운 건축 형태를 개발하고 있다. 이 건축의 취지는 사회의 모든 사람들 중 한 사람이라도 불편하지 않도록 하기 위한 것이다. 물론 모두의 불편을 없앨 수는 없지만 최소화 시키다 보면 언젠가는 가능할지도 모른다고 생각한다. 그래서 이 건축형태에 대해 소개하자면 이전과는 다른 새로운 친환경 건축으로 초기 설치비용이 저렴하면서도 이용효율이 높은 건축물이 될 수 있다. 그렇기 때문에 다양한 형태의 가구들이 부담 없이 거주할 수 있다. 이렇게 나는 학창시절 때 건축가가 되면 꼭 해보고 싶었던 일을 지금 하고 있다. 옛날에는 이러한 일이 되게 이상적이고 마냥 멋진 것인 줄만 알았는데 직접 건축가가 되고 여기까지 와보니 전혀 말처럼 쉬운 게 아니라는 것을 느꼈다.

'실패는 성공의 어머니다.'라는 말이 있듯이 앞으로 건축가로서 더 열심히 하기로 다짐했다. 열심히 건축하기로 결심한 나는 오늘 하루도 밤늦게까지 나의 사무실에서 열심히 건축도면을 그리고 있다. 이 시간은 매일 느끼는 거지만 나에게 피곤하면서도 정말 행복하고 좋은 시간이라고도 할 수 있을 것 같다.

가장 큰 선물

　나는 지금 2029년까지 내가 부모님께 드린 선물이 몇 가지가 있는지 생각하는 중이다. 생각해 보니 나는 부모님께 작은 선물들을 조금씩 해 드렸다. 지금 내가 말한 작은 선물이란 설거지 해드리기, 방 청소하기, 쓰레기 버리기, 심부름 갔다 오기, 생신 챙겨드리기 정도가 될 것이다. 그리고 나는 오늘도 어김없이 부모님께 하나의 선물을 드리게 되었다.

　2029년 1월 7일은 부모님의 결혼기념일이다. 나는 이날 부모님과 제주도에서 만나기로 했다. 우리는 한 달 전부터 부모님 결혼기념일을 맞아 제주도에서 오랜만에 가족 여행을 하자고 약속 잡아두었기 때문이다. 그리고 나는 틈틈이 제주도를 왕복하며 집을 짓다가 드디어 1월 3일쯤에 완성했다. 그리고 이제 드디어 이 집을 부모님께 드릴 수 있게 되었다.

　집은 따뜻한 노란빛이 도는 갈색으로 페인트칠이 된 건물인데 아주 푸른 들판 위에 지은 탓인지 너무 선명하고 아름다웠다. 그리고 그 건물 주위에는 아기자기한 하얀색 울타리가 쳐져있다. 그 건물은 마치 한 쌍의 새가 서로 안고 있듯이 두 건물이 하나로 붙어 있는 느낌을 받을 수 있다. 나는 우리 부모님을 보고 서로 사랑하는 모습이 한 쌍의 새와 비슷한 것 같아서 그렇게 표현해 보았다. 그리고 원앙을 형상화하였기 때문에 항상 행복하고 건강하기를 바라는 마음도 담겨있다.

　이 건물을 만들기까지 나는 아주 어린 꼬마 시절부터 부모님의 집을 만들어 드려야겠다고 다짐했었고 건축가가 되고 나서부터 제대로 집을 설계하기 시작했다. 그래서 2029년에 비로소 내가 29살이 되고 나서 건물을 완공하게 되었다.

　이 집을 보시고 부모님께서는 너무 기뻐하셨다. 그리고 정확히 한 달 후, 기사가 났다. '가장 큰 선물'이라는 제목을 가지고 말이다. 이 제목의 의미는 유명한 건축가인 내 집을 찍으러 온 기자가 우리 부모님을 인터뷰했을 때 만들어졌는데 부모님께서는 내가 지어준 집이 "가장 큰 선물"이라고 말씀하셨다. 나는 이 기사를 읽고 눈물을 흘렸다. 다른 누구도 아닌 부모님이 그 말을 해주셔서 너무 감사했기 때문이다. 나는 그날을 지금도 잊을 수가 없다.

프로젝트 30일 공동 녹색 주택

　나는 내가 건축가인 동안 꼭 건축과 관련한 봉사활동을 해보고 싶었다. 왜냐하면 지금과 같은 사회를 보니 경제형편에 따라 집을 구할 수 있는 능력이 생기는 것과 불우한 이웃이나 어떠한 사정이 있는 사람들에게 안락하고 따뜻한 집 하나를 제공해 준다면 그 사람들의 생각이나 행동이 더 부드러워질 것이라고 생각했기 때문이다.

　나는 몸이 불편한 사람들과 가족을 잃어버리는 것과 같이 개인 사정이 있는 사람들을 위해 녹색 공동 주택을 지었다. 이 주택은 친환경 재료를 사용하여 만들었고 각자 생활을 할 수 있는 공간이 있되 공동으로 모여서 식사를 하고 성향이 비슷한 사람들끼리 함께 모여 여가 생활을 할 수 있는 공간도 마련하여 몸과 마음이 아픈 사람들을 저절로 밝게 하고 낳게 해주는 공간이 될 수 있다.

　녹색 공동 주택에서 주거하다가 건강이 호전되거나 가족을 다시 찾은 사람들은 이제 나가서 각자의 생활을 하고 또 다른 사람이 들어와서 주거하는 형태이다. 이 녹색 주택은 2035년에 시행되어 현재까지도 많이 지어지고 있으며, 많은 힘든 사람들에게 큰 힘이 되어 주었다. 나는 이 모습을 보고 되게 행복했고 앞으로 또 어려운 사람들을 도울 수 있는 기회가 있다면 건축으로 어려운 사람들에게 답해주고 싶다고 생각했다.

내가 지은 가장 큰 집

　오늘은 내 건축 인생에서 지은 가장 큰 집을 드디어 완공하는 날이다. 내가 이 큰 집을 짓게 된 이유는 내 친구가 나에게 자신의 집을 부탁하였기 때문이다. 처음에 집을 짓는 것을 부탁받을 때는 되게 간단하게 생각했었는데 이 일은 생각보다 간단한 것이 아니었다. 왜냐하면 내 친구는 새끼발가락으로 논문을 써도 노벨 화학상을 받을 정도로 아주 유능했기 때문에 돈을 아주 많이 벌었는데 2029년부터 2035년까지 세계 갑부 조사에서 내 친구가 1위였기 때문이다. 그래서 내 친구의 집은 세계 갑부 1위인만큼 아주 컸다. 대부분의 사람들이 생각할 수 있는 크기는 아니다.

　정확하게 '42헥타르'였다. 그리고 42헥타르였기 때문에 우리나라 땅이 아니라는 것을 알 수 있을 것이다. 바로 캐나다 땅이었다. 나는 지금까지 건축을 하면서 단 한 번도 이렇게 큰 규모를 지어보지는 못했다. 근데 내 친구 덕분에 아주 좋은 기회를 가지게 되었다. 그래서 이 공사는 2029년부터 2032년까지 총 3년 동안 지은 건축물이다. 원래 이 정도 규모의 공사 같은 경우에는 3년보다 더 많은 시간이 걸린다. 하지만 내 친구가 특별히 부탁한 것이었기 때문에 밤낮 안 가리고 열심히 공사를 했고 세계적으로 유명한 건축가였기 때문에 건축 속도도 매우 빨라서 3년 만에 완벽하게 완공할 수 있었다. 큰 규모의 집인 만큼 그 속에는 되게 신경쓸 부분이 많았다.

　내 친구 같은 경우에는 학창시절 때 방학이 되면 거의 연락이 두절 될 정도로 연락도 잘 안하고 집 밖에도 잘 나오지 않았다. 그래서 일단 집에 대형마트를 하나 세웠다. 대형마트에 들어가면 음식의 신선도를 위해 엄청 큰 에어컨과 쇼케이스들을 설치한 것을 볼 수 있고 천장에 달린 은은한 조명도 볼 수 있다. 그리고 영화관은 물론, 노래방 시설까지 완벽하게 설치되어있다. 그리고 편안하게 자거나 쉴 수 있는 침대가 있는 공간은 따뜻한 색감의 노송나무로 바닥과 벽을 지었기 때문에 건강에도 좋고 정신 건강도 맑아질 수 있다.

내 친구는 세계적으로 유명한 화학연구원이었기 때문에 엄청 큰 연구실도 하나 세웠다. 그리고 물론 다른 사람이 집 자체를 들어가는 것도 마치 사막에서 오아시스를 찾는 것처럼 보안이 너무 철저해서 힘들지만 집 안에 있는 연구실도 수많은 논문과 실험 자료들, 특수하고 매우 고가의 실험 재료와 기구들이 있기 때문에 엄청난 보안이 되어있었다. 그래서 내 친구 말고는 누구도 그곳을 들어갈 수 없었다.

집의 외관은 아주 투명하고 절대 깨지지 않는 크리스탈로 된 최첨단 강화유리로 엄청 장관이다. 그리고 외관이 크리스탈 최첨단 강화유리이기 때문에 집 안에만 있어도 태양을 쬘 수 있고 아주 친환경적이었다.

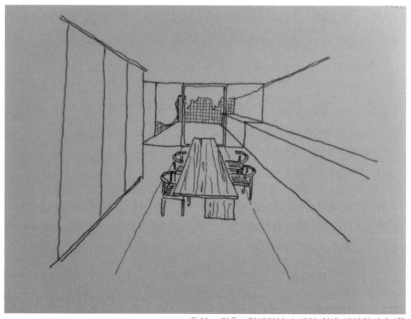

출처 : 건축, 인테리어 스케치 쉽게 따라하기 64쪽

하지만 그렇다고 해서 집이 더운 것은 절대 아니었다. 집 안은 매우 쾌적했다. 물론 세계에서 하나밖에 없는 최첨단 하우스라서 이 느낌을 이해하지 못할 것이다.

내 친구에게는 아주 당연한 일상과 같은 얘기지만 이 집은 42헥타르라는 아주 큰 규모에 반짝이는 크리스탈 최첨단 강화유리로 둘러싸여 있기 때문에 사람들은 그 근처를 지나갈 때마다 놀라움을 감추지 못한다. 그리고 집뿐만 아니라 세계 갑부 1위이자 세계에서 가장 성공한 사람 1위인 내 친구를 보기 위해 집 근처에는 항상 기자들로 가득하다. 내 친구는 항상 누리는 인기이기 때문에 항상 기자들이 집 앞에 쫙 깔려있는 것이 매우 귀찮았지만 어쩌다 한 번은 인터뷰를 해주게 된다. 그래서 한때는 친구와 집이 신문의 가장 첫 번째 장에 오르기도 했다.

나는 그 신문을 볼 때마다 건축가로서 더 자부심을 느꼈고 이 일 이후에 세계적으로 유명한 사람들로부터 계속 건축 부탁을 받게 되었다.

나의 집

　오늘은 내가 10년 전부터 설계해 오던 내 집이 완성되는 날이다. 집이 완성된다는 소식을 들은 나는 내가 직접 설계한 집을 볼 수 있다는 생각에 너무 기쁘고 설레었다. 이 집은 내가 건축가가 되자마자 세상의 여러 건물들을 직접 건축하면서 틈틈이 설계를 해서 오랜 시간에 걸쳐서 만들었다.

　내 집을 직접 보게 되었다.

　"멋지다"

　어린 시절부터 꿈꾸고 그려왔던 집이 내 눈앞에 그대로 있는 것이 너무 놀랍고 자랑스럽게 느껴졌다. 한참 동안 너무 좋아서 집 앞에 서서 감탄을 멈추지 못했다.

　떨리는 마음으로 드디어 문을 열고 집에 첫발을 내딛었다. 들어가자마자 집에서는 따뜻한 원목 냄새가 났다. 나는 집을 지을 때 건축 재료로 내부는 원목을 사용하여 만들었다. 원목은 재료 자체가 아주 친환경적이며 따뜻하면서도 시원한 느낌을 주기 때문에 옛날부터 원목으로 집을 지어야겠다고 생각했었다. 그리고 집 안에는 되게 세련되면서도 아기자기한 소품들이 많이 있다. 그리고 집 안에서 보나 밖에서 보나 변함없이 경치는 아름답다. 그래서 세계적으로 가장 아름다운 집 중 하나로 소문이 자자하다. 이러한 소문 탓인지 세계 여러 곳에서 집을 보기 위해 한국을 오는 사람들이 많다.

　사실 나는 다른 나라에 아주 큰 집을 지어보고 싶다는 목표가 있었다. 하지만 여러 나라 사람들이 한국의 아름다움을 관광하러 오길 바라는 마음에 한국에 나의 핸드메이드 집을 지었다. 내 집을 보러 오는 관광객들이 생기고 나서부터 한국으로 관광 오는 사람들의 수는 전보다 거의 10배는 많아졌다. 사람들이 우리집에 관심을 가져주는 것에 너무 감사하다. 건축뿐만이 아니라 누군가가 내 생각을 존중해 주고 공감해 주는 것은 정말 행복한 일인 것 같다.

출처 : 건축, 인테리어 스케치 쉽게 따라하기 101쪽 그림

후기

　이 책을 보면 저의 인생을 볼 수 있습니다. 책을 쓰면서 저는 인생에 저마다 따뜻함과 차가움이 있다는 것을 알게 되었습니다.

　이 책을 쓰기 위해 계속 제가 경험했던 일들을 생각하다 보니 행복했던 순간들과 앞으로 더 행복하길 바라는 순간들이 머릿속에 그려졌습니다. 그리고 신기하게도 이 책을 만들면서 저의 미래가 뚜렷해지게 되었습니다. 이 책을 만들기 전에는 "미래에 내가 어떻게 살아갈까? 라는 생각이 가득했습니다. 이 책을 다 만들고 나서는 제가 미래에 어떤 일을 할지 알게 되었습니다.

　이 책은 제가 아니면 만들 수 없는, 이 세상에 딱 하나뿐인 저의 책이기 때문에 더 소중합니다. 그래서 무엇보다도 책쓰기 수업을 해주신 국어 선생님께 감사드립니다.

　지금 자신의 인생이 힘들고 지쳤다는 생각이 들 때

　주저앉거나 뒤로 숨지 말고

　자신이 지금까지 해 온 일 또는 앞으로 하게 될 일, 즉 이루게 될 일을 생각해 보면 자신의 인생이 세상에 그 누구와도 비교할 수 없이 빛난다는 것을 알 수 있을 것입니다.

내가 살아온 길

황준수

나는 의사가 꿈인 평범한 고등학생이다.
사실 나는 보통 학생들처럼 꿈이 없었다.

하지만 내가 꿈을 정할 때 생각한 것은 단 하나.
'세상에서 가장 가치 있는 일을 하고 싶다'였다.

세상에서 생명을 살리는 것만큼 가치 있는 일이 더 있을까?

자서전을 보며 내가 과연 가치 있는 삶을 살았는지 알아보기 바란다.

자신감

자신감(自信感)이란 말 그대로 스스로를 믿는 마음이다.
인생을 살아가며 자기 자신을 믿는 것만큼 중요한 일이 또 있을까.
짧지만 짧지 않은 18년을 살아온
나에게 '자신감'이란
'해낼 수 없다'라고 생각되는 일도 해내게 해주는 존재.
나에게 가장 큰 힘이자 무기가 되어준 존재.
또 다른 나를 발견하게 해준 고마운 존재이다.

나는 앞으로도 자신감을 잃지 않고 살아가며
나의 목표들을 모두 이루어 나가고 싶다.

조심병

　나는 매사에 너무 조심한다. 살면서 큰 병을 겪거나 그런 적은 없지만 자잘하게 매우 많이 다쳤다. 6살 때는 4발 자전거를 타다가 브레이크를 잡을 줄 몰라서 내리막길을 내려가다 얼굴을 갈고, 초등학교 4학년 때 평지에서만 타던 에스보드를 타고 내리막길을 내려가다가 팔꿈치를 갈고, 초등학교 6학년 때는 필드하키를 하다가 하키 채에 입술이 터져 꿰매고 하는 등 다사다난했던 유년기였다.

　그때 생긴 트라우마 때문인지 성격이 그런 것인지 중학교를 지나 고등학생이 되어 많은 시간들이 지났지만 나는 뭐든지 지나치게 조심한다. 찻길을 지날 때 차가 안 오더라도 되도록 횡단보도로 건너려 하고, 부모님이 운전할 때도 급브레이크를 가끔씩 밟으시면 깜짝깜짝 놀라 오히려 내가 부모님을 놀라게 한다. 친구들은 나의 이런 모습을 보고 "쫄보다.", "괜찮다. 안 죽는다." 등 여러 가지 말들을 하며 나를 나무란다.

　그래서 의기소침하고 있었는데 이 조심조심하는 병이 나에게 도움이 될 때도 있었다. 학교에서 수행평가나 시험을 칠 때도 몇 번을 확인해도 불안하여 두 번, 세 번 더 확인한다. 그렇게 하여 틀린 문제를 찾아내지를 못할 때도 많지만 한 50%의 확률로 거의 찾아낸다. 그래도 불편한 점이 더 많은 조심병을 고치려고 여러 방면으로 노력을 해보았지만 전혀 나아지지가 않는다. 나는 쫄보가 맞는 것 같다. 혹시 이 글을 읽는 독자들 중 나와 같은 고민이 있는 사람이 있다면 그냥 살기를 추천한다. 어쩌겠는가 이렇게 태어난 것을.

나의 중학교 시절

지금부터는 나의 중학교 삶에 대해 써보겠다.

나는 초등학교를 졸업하고 대구에 이사를 왔다. 나는 아버지가 직업군인이셔서 어릴 때부터 전학을 많이 다녔다. 평택, 대구, 대전, 수원, 등여러 도시를 돌아다녔다. 그래서 원래는 2년마다 지역을 옮겨야 했지만내가 중1 때부터는 대구에서 쭉 살아왔다. 나는 처음에 대구에 와서 중학교 배정을 받는데 아무 생각이 없었다. 그래서 그냥 엄마가 하라는 대로 1지망 대륜 2지망 경신을 썼는데 뺑뺑이로 대륜중학교를 가게 되었다.

중학교 1학년 때는 적응하느라 힘들었다. 처음에 입학식을 하고 반에들어갔는데 나는 다른 지역에서 왔으므로 당연히 아는 친구가 1명도 없었다. 그래서 조용하게 살다가 체육 시간이 왔는데 남중이라서 그런지반 친구들이 모두 축구를 했다. 그래서 나도 그냥 꼽사리를 껴서 축구를했는데 내가 축구를 좀 잘했다. 그랬더니 친구들과 자연스럽게 축구 이야기를 하면서 많이 친해졌다. 이때부터 학교에 적응을 하였고 1학년을무난하게 보냈다.

중학교 2학년 때는 정말 재미있었고 또 많은 것을 배웠다. 담임선생님이 별로 신경을 쓰지 않는 무관심한 선생님이었다. 그래서 우리 반 아이들은 선생님을 별로 좋아하지 않았다. 우리 반 아이들이 그렇게 학교에불만이 있고 그런 아이들은 아니었는데 우리 반은 점점 사고를 치기 시작했다.

학교에서 받은 우유를 창문 밖으로 던져서 다른 반 애가 맞아 반 전체가 혼나면서 우리 반은 2학년에서 제일 문제있는 반으로 찍혔다.

그러던 중 젊은 남자 국어 선생님이 한 분 오셨다. 처음에 동그란 안경에 다부진 체격, 날카로운 목소리를 가진 선생님을 보고 다른 선생님들과 무엇인가 다르다는 느낌을 받았다. 그 선생님이 오시고 나서 우리 반이 바뀌기 시작했다. 그 선생님은 몽둥이를 들고 다니셨다. 물론 그전에도 다른 선생님들께서도 사랑의 매를 하나씩은 들고 다니셨지만 그 선생님의 몽둥이는 크기부터 달랐다. 어디서 들고온 것인지 모르겠지만 겁나게 큰 몽둥이에 검은색 방수 테이프를 칭칭 감은 것인데 맞으면 사망일 것 같았다. 하지만 우리 반이 어떤 반이었나? 하루도 사고없이 넘어가지 않는 반이었다.

우리는 그 선생님 수업 중에 선생님께 장난을 치다가 걸렸다. 그래서 선생님이 반 아이들을 밖으로 다 나오게 하셨다. 그리고 그 몽둥이로 한 명당 2대씩 허벅지를 풀스윙으로 때리셨다. 눈물이 찔끔 나왔다. 찌릿했다. 말로 형용할 수 없을 만큼 아팠다. 나중에 보니 허벅지에 줄이 2개 생겼다. 우리 반은 그 일 이후 선생님과 친해졌고 또 선생님을 잘 따랐다. 그래서 선생님 덕분에 우리 반 아이들도 학교생활을 바르게 잘 했고 성실한 반이 되었던 것 같다. 지금 생각하면 그 선생님 덕분에 우리 반이 다시 바른 길로 갔던 것 같다. 나중에 크면 반 아이들과 다시 그 선생님을 만나러 가고 싶다.

중학교 3학년 때는 우리 학교 4대 천왕 중 1명이신 홍** 선생님 반이 되었다. 4대 천왕이 뭐냐 하면 우리 학교에는 빡세고 무서우신 선생님들이 4명 있는데 그 선생님 4명이 4대 천왕이다. 홍** 선생님은 무섭기로 소문이 나 있어서 3학년 때는 조용히 살아야지 하고 올라갔다. 그런데 선생님은 의외로 다정하시고 몽둥이를 이용해 바른길로 인도해 주시는 참선생님이셨다. (뭔가 선생님이 아니시고 동네 형 같으심) 3학년 때는 공부를 주로 했는데 고등학교를 어디로 갈지부터 문과와 이과 중에서 어디를 갈지까지 고민이 참 많았다.

그런데 그때 당시에 나는 역사를 좋아해서 역사교사가 되고 싶었다. 그래서 담임 선생님께 내가 문과를 가고 싶다는 내 뜻을 알려드렸는데 그때 선생님께서 나에게

"요즘 문과를 가면 할 수 있는 직업의 폭이 좁아지니 이과에서도 관심 있는 직업을 찾아보는 것이 어떻겠니?"
라고 권유해 주셨다. (사실은 문과 가면 취직 안 된다고 이과를 강추하심) 나는 그래서 그때 '그런가? 이과에는 자세히 무슨 직업이 있는지 찾아봐야지'라고 생각해서 찾아보다 의사는 직업에 대해 관심을 가지게 되었다. 그때는 문과가 가고 싶어서 '선생님이 왜 그러시지'라고 생각하였지만 지금 잘 살고 있는 것 보면 선생님이 내 생각을 잘 바꿔주신 것 같다. 나는 그 이후로 열심히 공부하며 3학년을 졸업했다.

나의 꿈들

　나는 초등학교 때 경찰, 선생님, 운동선수 등 여러 가지 꿈들을 가지고 있었다. 하지만 그중에서도 제일 하고 싶었던 것은 운동선수였다. 초등학교를 다니며 자연스럽게 축구를 많이 했고 또 그렇게 많이 하다 보니 축구를 조금? 잘해져서 또래 아이들보다 조금 뛰어나다는 생각을 가지게 되었다. 그래서 나는 부모님에게 축구선수를 하고 싶다는 말씀드렸지만 부모님은 내가 재능이 없다고 생각하여 반대하셨다. 나는 그 말을 듣고 "그래도 나는 열심히 해서 축구선수를 해야지."라는 생각을 가지고 있었다.

　하지만 그 생각이 초등학교 5학년 때 바뀌게 되었다. 5학년에 학교대항전으로 축구대회를 나가게 되었는데 우리 학교와 경기를 한 학교가 축구클럽이 따로 있던 학교였다. 우리 학교, 그리고 나는 힘 한번 써보지 못하고 탈락하였다. 그 이후로 나는 내가 축구선수를 하기에는 재능이 부족하다고 느끼고 다른 꿈을 찾게 되었다.

그후 중1~2학년 때 가지게 된 꿈은 역사 선생님이었다. 나는 어릴 때부터 사극 드라마를 매우 좋아하였고 또 역사적 위인들에 대해 잘 풀어 설명해 놓은 위인전 읽기를 좋아했다. 그런 나에게 결정적인 역할을 해 주신 분은 중학교 역사 선생님이셨다. 그 선생님을 보면 역사를 가르치는데 재미를 느끼고 열정을 가지신 것 같아 그 선생님을 보며 역사 선생님을 꿈꾸게 되었다. 그렇지만 그 이후로 현실적으로 생각해 보았을 때는 역사 선생님의 길이 취업이나 성격 등 여러 가지로 쉽지 않다고 생각하게 되어 그 꿈을 접고 역사 관련된 책들을 읽는 것을 취미로 가지게 되었다.

마지막으로 지금 현재 가지게 된 꿈은 '정형외과 의사'이다. 꿈을 찾던 중 '명의' 등 여러 가지 다큐멘터리를 보았는데 그 다큐멘터리에서 의사들이 수술하며 잠도 못 자고 피곤하게 나날들을 보내는데 그것을 보며 "저렇게 피곤하게 지내는데 왜 의사라는 직업을 선택했을까?"라는 생각이 들었다. 하지만 마지막에 자신이 수술한 환자가 퇴원하는 것을 보며 표정을 짓는데 뭔가 기분이 묘했다. 그것이 나에게 '의사'라는 직업을 와 닿게 한 것 같았고 그때부터 의사라는 직업을 생각하게 되었다.

의사체험을 하다

고1 겨울방학 나는 대구 파티마 병원에서 여는 '대구 파티마 병원 인턴십'에 참가했다. 병원에 처음 들어갔을 때 병원답게 싸한 분위기였고 사람들이 바쁘게 움직이는 것을 보니 긴장감이 느껴졌다.

나는 병원 본관에 들어가 모이는 장소인 '에델홀'에 가서 기다렸다. 잠시 후 소아과 선생님이 들어오셔서 간단한 소개와 의사라는 직업에 대해 이야기해 주셨다. 조를 나누고 각 조마다 다른 과에 배정을 받았는데 내가 속한 조는 '재활의학과'였다.

평소 '재활의학과', '정형외과'에 관심이 있어서 '잘 봐두어야지!'라고 생각했다. 재활의학과 회진을 돌기 전 재활의학과 과장 선생님에게 수련의 선생님이 브리핑을 하였고 수많은 의학용어들이 오갔다. 그리고 환자를 치료할 방법들에 대해 의논하였다. 회진을 돌며 의사 선생님들의 말

과 행동을 관찰해보았다. 의사 선생님들은 환자분들에게

"밤에 괜찮으셨나."

"괜찮아지실 거다."

라며 따뜻하고 힘이 되는 이야기를 해주셨다.

회진이 끝난 후 질문시간에

"힘들지 않으시냐."

라고 여쭈어 보았더니 선생님께서

"의사라는 직업이 힘들지만 그만큼 보람 있는 직업이다"

라고 말씀해 주셨다. 이렇게 체험을 마치고 나는 의사라는 직업에 대한 고정관념이 많이 바뀌었다. 또한 '의사'가 되고 싶다는 의지가 더 강해졌고 앞으로 더 노력해야겠다고 느꼈다.

의대 소개

의대를 목표로 하는 학생들이 궁금해하는 3개의 의과대학 병원에 대해서 소개를 해보겠다.

첫 번째는 서울대 병원이다. 서울대 병원은 1907년 대한의원과 1946년 서울대 의과대학 부속병원을 거쳐 현재 서울대학교 병원이 되었다.

출처 : 서울대학교 병원

대한민국 대표 의료기관으로 불리며 본원을 포함한 7개의 병원(서울특별시 보라매병원, 분당 서울대학교 병원)과 유기적인 네트워크를 구성하고 있다. 서울대 병원은 연구중심 병원으로 선정되어 세계적 수준의 연구 경쟁력을 갖추고 있다. 서울대병원은 내과, 외과 등 환자를 직접 돌보는 과뿐만 아니라 영상의학과, 핵의학과 등 진료 지원을 하는 과 또한 체계적으로 잡혀져 있다. 그래서 다른 병원에서 보기 힘든 희귀 난치성 질병 환자들이 서울대병원을 많이 찾는다.

두 번째는 서울 아산병원이다. 서울 아산병원은 아산복지재단이 운영

하는 8개 지방병원의 모병원으로, 산하에 아산생명과학연구소를 두고 기초의학 및 임상의학 분야 연구를 지원하고 있으며 울산대학교 의과대학의 교육병원이다.

다른 대표적인 병원들보다 늦게 개원하였지만 다양한 종류의 수술을 집도하면서 심장시술 등 복잡한 시술에서 특히 두각을 나타나게 된다. 다른 곳에서 포기한 말기암 환자가 최후로 방문하는 곳이 아산병원이라고 할 정도로 각종 이식치료에서 최고의 기술력을 보유하고 있다.

마지막은 경북대학교 병원이다. 사랑과 인술로 고객을 감동시키고 의학발전을 선도하는 병원이 된다는 사명으로 1907년 대구동인의원으로 문을 열었다.

2005년 과학기술부에서 정한 대구 · 경북 사이클로트론 연구소 및 양전자방출 단층촬영술(PET CT) 센터를 개소하고, 감마나이프 및 PET센터도 문을 열었다. 같은 해에 연이어 대구 · 경북지역의 응급의료센터 · 암센터 · 노인의료보건센터로 지정되었다. 경북대학교 병원은 본원과 칠곡경북대학교병원(어린이 병원, 암센터, 노인보건의료센터) 등으로 이루어져 있다. 지역 최대 규모인 1500병상을 운영할 수 있는 강점이 있다. 향후 2500병상으로 확대될 예정이라고 한다.

다빈치 로봇 수술도 3000여 차례 돌파하였고 암추적 치료장치인 '베로'를 아시아 최초로 도입하여 환자의 위험부담을 줄일 수 있다고 한다.

의대 생활

고등학교를 졸업하고 의대를 처음 딱 왔을 때는 너무나 기뻤다. 모든 인생의 목표를 다 이룬 것 같았다. 그래서 이제 고등학교 때만큼 공부를 열심히 안 해도 된다고 생각했었다. 하지만 입학 전에 의대생활에 대해 많이 찾아보니 공부양이 너무 많다며 힘들다는 글들이 있었다. 그래도 나는 걱정하지 않았다.

"많으면 얼마나 많다고… 수능 공부만큼이나 힘들겠어?"

예과 2년은 공부는 아예 손을 놓고 지냈다. 그래도 그럭저럭 생활했다. 그런데 본과에 들어간 후부터 그 이야기들을 실감하게 되었다. 본격적인 공부를 하는 본과는 차원이 달랐다. 본과 1, 2학년 때는 거의 일주일마다 시험을 친다. 유급을 당하지 않고, 내가 원하는 학과를 지원하려면 열심히 생활하고 또 경쟁해야 했다. 수능 후 2년 동안 공부를 제대로 하지 않았던 나는 매우 힘들었다.

시험 기간만 되면 밤을 새면서 공부하고 시험 전날에는 핫식스를 여러 캔 마셔가며 공부했다. 이렇게 공부하며 시험을 쳤는데도 성적이 잘 안 나오고 재시 또한 많이 쳤다. 이렇게 생활하면서 그만큼 성과가 나오지 않으니까 너무 힘들다 그만하고 싶다는 생각이 종종 들었고 짜증도 많이 났지만 사람의 생명을 다루는 일이니까 이 정도 공부양은 당연한 거라고 생각하면서 내가 나중에 전문의가 되었을 때를 생각하며 본과 생활을 무사히 보냈다.

그 이후에 내가 본과 생활을 보내며 공부한 양이 궁금해서 어느 정도 되는지 찾아보았더니 공부했던 ppt, 공부한 종이 밑에서부터 쌓으면 160cm를 훌쩍 넘는다고 했다. 실로 어마어마한 공부양인 것 같다. 내가 그 많은 양을 공부했다는 것도 믿기지가 않는다.

그래도 이때 본과에서의 힘듦과 노력이 없었다면 나는 지금쯤 목표 하나 없는 그저 그런, 평범한 의사로 살아가고 있을지도 모른다는 생각이 든다. 지금 의대 생활을 하고 있을 의대생들도 내가 겪었던 것처럼 매우 힘들 거라고 생각된다. 그래도 앞으로의 미래를 생각하며 지금의 그 힘든 의대 생활을 이겨냈으면 좋겠다.

3D 업종

'명의'가 되겠다는 꿈은 내가 의사가 된 이유 중 하나이고 또한 의사로서 살아가는 원동력이었다. 그래서 나는 경북대학교 의예과를 졸업하여 정형외과 전문의가 되었다.

그 이후 명의가 되기 위해 밤잠 자지 않고 척추, 어깨의 새로운 치료법과 수술법을 개발하기 위해 노력했다. 그렇게 하여 나는 대한민국 50대 명의에 당당하게 이름을 올렸다. 이 순간은 나의 지난 25년간의 의사 생활을 보상해 주는 순간이었다.

그후 나는 여러 국내병원에 내가 개발한 수술법을 설명, 실습하며 전국을 돌아다녔다. 하지만 내가 대학병원에서 근무하던 시절 의대생들이 상대적으로 몸이 편한 과들을 선택하려고 하여 외과 인력이 많이 부족한 것이 현실이었다. 물론 내과나 다른 편한 과들도 매우 필요하고 중요한 과들이지만 내가 의대를 들어갈 때만해도 수술실, 생명의 전선에서 여러 질병과 맞서 보겠다는 의대생들이 많았는데 지금의 상황을 보고 내가 지난 20여 년간 노력한 것들이 조금 허무하게 느껴졌었다.

그래도 현재는 정부에서 외과에 여러 가지 지원을 해주어 외과에 지원하는 사람들이 점점 늘어나고 있다고 하니 다행이다. 내 자서전을 보는 의대생이 있으면 힘들고 어려운 것을 떠나서 자기가 어떤 과를 진심으로 가고 싶은지 진지하게 생각해 보는 계기가 되었으면 한다.

인터뷰

내가 경북대학교 대학병원에 정형외과 교수로 일하고 있을 때였다. 그 때는 환자들이 너무 많아서 집에 며칠 동안 들어가지 못할 정도로 병원에서 근무를 하고 있어서 나의 의사로서의 목표를 잊어가던 중이었다. 그러던 중 학생 한 무리가 나를 찾아왔다.

그 학생들은 의사가 꿈인 학생들이었는데 나를 인터뷰하러 병원을 방문했다고 하였다. 나는 인터뷰를 해도 된다고 허락하였고 인터뷰를 시작했다. 인터뷰를 하면서 학생 친구들이 궁금했었던 질문을 하는데 나는 예전의 내가 생각났다. '나도 이 친구들처럼 이럴 때가 있었지' 하면서 내가 학생 때의 모습을 되돌아보게 되었다.

학생들이 했던 질문들 중 제일 기억에 남았던 질문은 바로 "교수님의 롤모델은 어떤 분이셨나요?"이었다.

나는 이 질문에 예전에 최고의 정형외과의셨던 '김기택' 교수님의 여러 가지 이야기를 말해주면서 내가 현재까지도 끊임없이 공부하는 이유가 김기택 교수님의 모습에 감명을 받아서라고 학생들에게 대답해 주었다.

"선생님은 의사로서 어떤 가치관을 가지고 계신가요?"

학생들이 나를 쳐다보았다.

"나는 환자와 공감대를 나눌 수 있는 의사가 제일 중요하다고 생각해요."

보통 사람들은 병에 걸려 병원에 방문하게 되면 두려움이 앞서는 게 사실이고 나 또한 겁이 많다는 것을 이야기하면서 이런 마음까지도 공감할 수 있는 따뜻한 의사가 되어야 한다고 말해 주었다.

이렇게 학생들에게 질문을 받으면서 이야기를 하다 보니 의사가 된 이후 시간이 지나 잊어버렸었던 것들, 학생 때부터 내가 목표, 신념으로 생각해왔던 것들을 다시 떠올리게 되었다. 그 이후로 나는 다시 의사로서의 사명감을 가지고 일하게 되었다.

지금 자서전을 쓰며 인생을 되돌아보니 그 학생들이 내가 교수로 생활하면서 '의사'로서의 나를 잃어버리지 않게 해준 고마운 친구들인 것 같다.

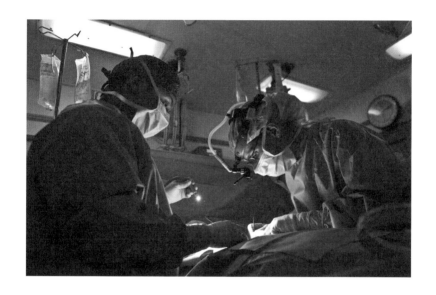

후기

　살면서 자서전을 써본다는 것은 흔치 않은 기회다. 나는 살아가면서 한번은 내 삶을 돌아볼 글을 써보고 싶다는 생각은 있었는데 그게 고2 지금이 될 줄 몰랐다.

　하지만 생각해 보니 고2가 내 삶을 돌아보고 또 앞으로의 내 미래를 설계해볼 좋은 시기라는 생각이 들었다.

　나는 몇 달 동안 이 글들을 쓰면서 내가 이때까지 살아온 삶이 결코 짧지 않다는 것을 느꼈다.

　그리고 과거의 좋은 추억들도 회상하게 된 것 같아서 좋았고, 미래의 일들을 상상해 보니 내가 생각하는 삶이 조금 더 가까워지는 듯한 느낌을 받았다.